大地上的居所

Residencia en la tierra

〔智利〕巴勃罗·聂鲁达 著

梅清 译

南海出版公司

新经典文化股份有限公司
www.readinglife.com
出　品

目录

Contents

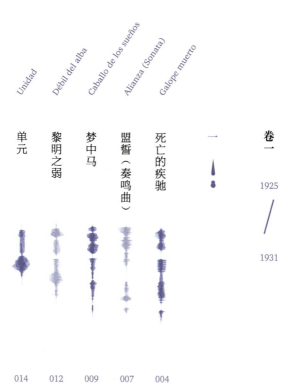

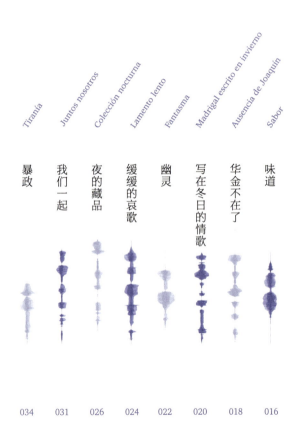

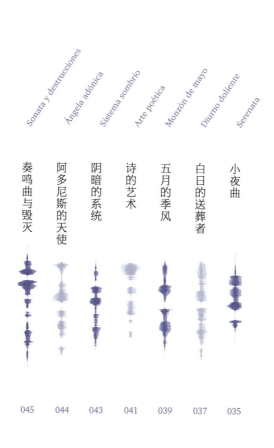

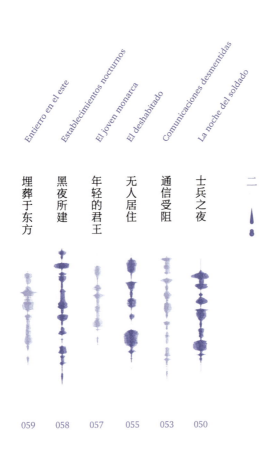

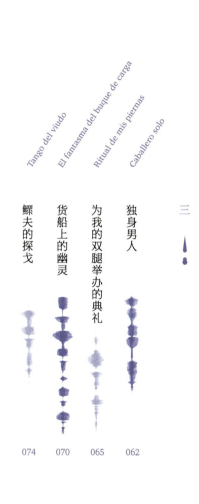

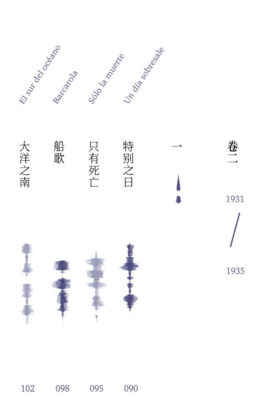

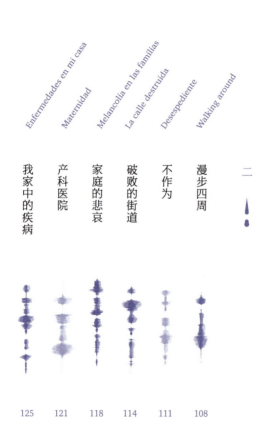

卷
一

Volumen 1

Residencia en la tierra

1925 — 1931

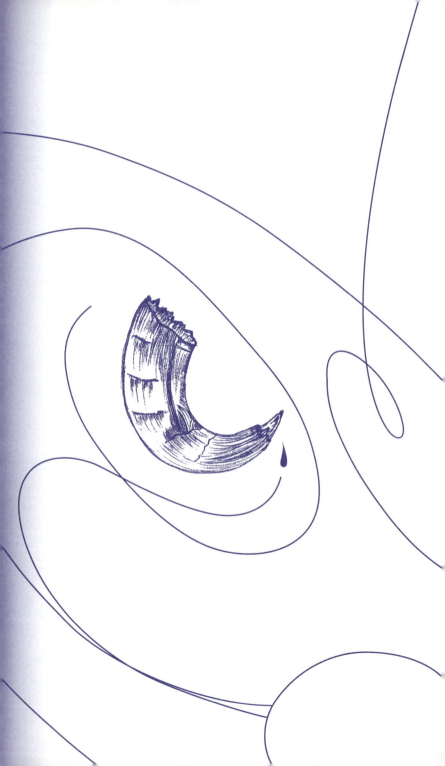

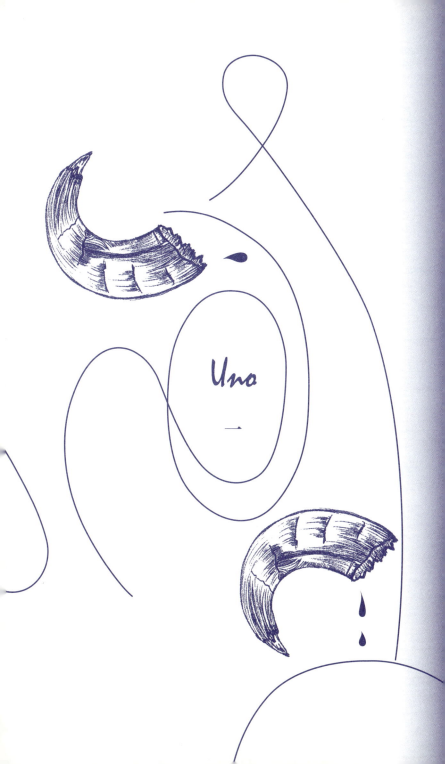

Uno

死亡的疾驰

宛如灰烬，又似茂盛生长的海洋，
在沉没之缓，在一片混沌，
又像听到从道路的高处
交叉穿行而来的十字钟声，
它已自金属剥离，
模糊，渐渐沉重，渐渐化为尘土
就在那座过于遥远
或存留于记忆、或不曾出现于视野的磨坊里，
而滚落在地的李子的芬芳
它们在时间中腐烂，碧绿永恒。

那一切如此迅捷，如此生机勃勃，
却一动不动，仿佛内部疯转的圆轮，
总之，是那些马达中的齿轮。

存在如树缝间干瘪的针脚，
沉默地环绕着，如此，
搅乱了所有界线之末。
但来自何方，路过何处，到何处上岸?

不断地包围，模糊，那么无声，
就像修道院边上的丁香
又像抵达公牛舌尖的死亡
它轰然倒下，再也无法起身，而它的犄角还想悲鸣。

如此，在不动中，停下了，觉察了，
于是，像羽翼无穷尽地原地挥动，在高空中，
像死去的蜜蜂，像数字，
啊，我苍白的心无法包容之物，
在人群中，在快要抑制不住的泪水中，
人们的奋斗，暴风雨，
突然暴露的黑色行动
像冰块，广袤的混乱，
海洋一般，而对于歌唱着踏入其中的我来说，
似一柄利剑插入不备之中。

那么现在，涌现的鸽群又是由何构成？
它们现身于昼夜相交之际，宛如峡谷
潮湿的峡谷。

这声响已如此绵长

一边坠落一边用石子将条条小路排列，

抑或是，仅仅一个小时

它突然高昂，无休止地扩散开来。

在夏日的指环中

某次，巨大的南瓜舒展开它们动人的枝叶，

听到这声响，

来自它，来自它们的彼此吸引，

来自那充盈，那是坠着的沉甸甸的水珠，一片漆黑。

盟誓（奏鸣曲）

你是坠落大地沾满灰尘的目光
抑或是树叶埋入土间悄无声息。
你是没有光泽的金属，伴着空旷，
伴着骤然消逝的白日。
双手上方的蝴蝶让人目眩神迷，
在无边无际的光芒中纷飞而去。

你保留着光的痕迹，破碎的人类足迹，
黄昏时分被遗弃的太阳将它们丢入教堂。
吸引着成群的蜜蜂，沾染一道道目光，
你的身体逃避着不期而来的火焰，
紧跟着白天和它金色的家族，时而超越时而追随。

日子偷偷地穿梭而过又暗中窥视
却落入你明亮的声音中。
哦，爱情的女主人，在你的怡然恬静里
搭建出我的梦，我沉默的模样。

你的身体是羞怯的数字，蓦地舒展

直至如大地一般宽广，
透过宇宙中白昼里的争辩
透过缓慢死去的冰冷和憔悴委顿的知觉，
我感受到了你游走的吻和炽热的躯干
在我的梦中留下一行鲜活的新燕。

有时你眼泪的潮线节节高涨
宛如岁月爬上我的额头，那里
海浪拍打着，自取灭亡：
行迹湿润，消退，终止。

梦中马

我望着镜中的自己，毫无意义，
有一股光阴的味道，传记作者的味道，纸张的味道，
我从自己的心中拔除地狱的首领，
拟定无限悲伤的条款。

我四处游荡，沉溺于幻想，
我在裁缝的巢居里与他们攀谈：
他们的声音悲惨而冰冷，
常常歌唱着，驱走妖术。

天空之上有一个广阔的国度
那里有迷信之虹织就的地毯，
有日落时分的植物：
我向那里走去，并非不觉疲倦，
踏着被半新坟墓侵占的大地，
我在杂乱的荚果植物中做着梦。

我穿行于用过的文件，穿行于根源，
衣着模仿一个新奇而又颓废的人；

我爱着尊敬，那被浪费的蜂蜜，
爱着甜蜜的教义，在它们的书页中
沉睡着衰老却矜持的紫罗兰，
和乐于助人的扫帚们，
而它们的外表中，毫无疑问，有着沉重与笃定。

我摧毁嗞嗞作响的玫瑰和掠夺成性的焦躁；
我打碎热爱的极端；而且
我还等待枯燥无味的时间，别无他法：
我灵魂深处的某种味道压抑着我。

某天突然而至！奶白色的光芒多么浓郁、
密实，缠绕指间，它拯救了我！
我听到它红色的骏马在嘶鸣
身上空无一物，亦无马掌，神采奕奕。
它和我飞越教堂，
疾驰过士兵们荒芜的营地，
一支邪恶的军队在我身后追袭。
它桉树的眼睛偷走了阴影，

它钟一般的身体奔突冲击。

我需要一道永远耀眼的闪电，
一位继承我遗产的快活的亲人。

黎明之弱

属于不幸者的白昼，苍白的白昼显露出来
伴着一股撕扯人心的冰冷气味，伴着它灰色的力量，
没有清脆的铃声，一点点从四面八方侵蚀着黎明：
这是虚空中的灾难，周遭哭声一片。

因为潮湿的阴影从四面八方散去，默默无言，
从诸多徒劳的思绪中散去，从尘世间众多地方散去
它们本应占领此处，直到盘根错节的地下，
从那自我保护的尖锐外壳中离去。

我在这侵略之中哭泣，在混乱中，
在这滋长的气味中，我聚精会神地倾听
纯粹的循环、增长，
漫无目地给那到达的它让路，
给那身披锁链和康乃馨出现的它让路，
我做着梦，忍受着我终将消逝的残迹。

没什么可忙碌的，没什么可开心的，也没什么可骄傲的，
一切的一切都清贫得那么明显，

大地的光从它的眼睑下照射出来
不像钟声，倒像眼泪：
白昼的织物，它脆弱的棉布，
是病人的绷带，是一场离别中
留下的记号，离席后——
那一抹色彩只想取代，
想倾覆，想吞噬，想战胜，想蔓延开来。

我孤身一人，在散乱的物质之中，
雨落在我的身上，它那么像我，
它的狂乱那么像我，孤零零地处在这个死去的世界中，
在坠落时被拒之门外，却没有顽强的身形。

单元

有什么浓郁的、混合的、沉淀的东西在深处，
重复着它的编码，它不变的讯号。
如此清晰可辨，石头曾触碰过时间，
它精致的身体上有岁月的气息，
有大海从盐粒和梦中带来的海水。

同一种东西，同一种动作环绕着我：
矿石的重量，蜂蜜的光亮，
紧贴"夜晚"这个词的声响，
麦子、象牙、哭泣的色彩，
皮制、木制、羊毛的东西，
老旧的，褪色的，一成不变的，
如墙壁一般将我团团包围。

我悄无声息地工作，围着自己转圈，
一如盘旋在死尸上空的乌鸦，哀伤的乌鸦。
我思考着，在四季的广阔中形单影只，
置身于中心，周围是寂静的地方：
一小块温度从天空坠落，

混乱的单元组成一个极端的帝国

聚集在我周围，将我裹入其中。

味道

虚假的星占学中，稍显怪诞的习俗中，
倾倒在无边无尽之中，总是携带身边——
我保留着一种习性，一种孤独的味道。

陈旧的对话如同用过的旧木材，在其中，
带着椅子般的谦卑，语句
如屈从的奴隶般劳作，
坚韧如乳汁，如死去的时光，
如城市上空被封锁的空气。

谁能为自己最坚定的耐心洋洋自得？
理智那紧实的皮肤包裹着我
上面色彩汇聚，宛如一条毒蛇；
我的孩子们出生于一次漫长的拒绝：
唉，只要有一杯酒我就能与这一天告别
与我选择的这一天告别，它与人世间无数个日子也
并无不同。

我活着，身体里充斥着色彩平庸的物质，那般寂静

如一位苍老的母亲，一份固执的耐心
如教堂的影子，如骨殖的长眠。
我走着，身体深处充斥着时刻准备的水分，
它们随时待命，沉睡在悲伤的注目中。

我吉他般的内心有一股陈旧的空气，
干燥，响亮，恒久，一动不动，
如忠实的养分，如烟似雾；
那是休憩中的元素，是生动的油脂：
一只不可或缺的鸟儿照顾着我的头颅；
一位矢志不渝的天使住在我的剑中。

华金^①不在了

从此刻起，如一场得到证实的远行，
在烟雾缭绕的葬礼车站或是孤独的堤坝上，
从此刻起，我看到他坠入他的死亡，
我感觉到在他身后，时光里的黑夜白昼都已终止。

从此刻起，突然之间，我感受到他已离开，
坠入水中，某片水域，某个大洋，
之后，在落入水中的那一瞬，水花飞溅，一声轰鸣，
我感受到诞生出一声明确、低沉的轰鸣，
一片被他的身体激起的水花，
从某个地方，从某个地方，我感受到这些水花
跳跃着、飞溅着，这些水花
飞溅到我身上，宛如浓酸。

他那爱做梦和熬夜毫无节制的习惯，
他那桀骜不驯的灵魂，他那惯有的苍白，
最终与他一道沉睡，他已沉睡，

---

① 华金·西富恩特斯·塞普尔韦达（1900－1929），智利诗人。

因为在亡人的海洋里他的激情已倾塌，

剧烈地沉没下去，冰冷地融入其中。

写在冬日的情歌

在深邃的海底，
在书写着长长名单的黑夜，
如一匹骏马疾驰而过
那是你寂静无言的名字。

请让我在你的背脊上安营扎寨，啊，庇护我吧，
请让我出现在你的镜子中，一瞬就好，
在那片孤单的、属于夜晚的树叶上，
它自黑暗中、自你的身后，萌生出来。

甜蜜完美的光之花，
赐予我你的唇瓣来亲吻我吧，
粗暴地分开它们，
你坚定而精致的嘴唇。

如此，在无边的漫长中，
从遗忘到遗忘，陪伴我居住于此的
是雨水的轨迹和呼喊：
被深邃的夜所保留。

请收留我吧，在丝线般的傍晚
夜幕正在织着
他的行头，在空中闪动着
一颗装满风的星星。

请让你的离去靠近我，直到深处，
沉沉地，闭上双眼，
请让你的存在穿过我，就当
我的心已经破碎。

幽灵

你是如何从过往中出现的，到达至此，
目眩眼迷，苍白的女学生，
那些无尽的、一成不变的岁月
依然在向她的声音寻求慰藉。

它们的眼睛曾战斗着，宛如划船工人
在无尽的死亡中
怀揣着梦的希望和人类的物质
离开大海。

在遥远的地方，
大地拥有另一种气味
黄昏是黑色虞美人的样子
哭泣着到来。

在那些始终如一的日子的上空
白天麻木的年轻人
在你的光芒中睡去
宛如固定在一把利剑之上。

与此同时

在漫漫遗忘之期的阴影中

生长出孤独之花，潮湿，广阔，

如同漫漫凛冬中的大地。

缓缓的哀歌

在心的黑夜
你的名字缓缓，凝成一滴水珠
在寂静中游旋、坠跌、
碎裂，化为一片水泊。

有什么东西希望被它轻轻地伤害
渴望它无尽却短暂的重视，
宛如迷途人的脚步声
刹那间响动起来。

刹那间，刹那间响起来
回荡在心头
夹杂着哀伤的执念与攀升
宛如清秋一场冰冷的梦。

大地那厚实的车轮
让它潮湿的遗忘的轮辋
转动起来，把时间分成
遥不可及的两块。

它坚实的轮毂罩住你

那已然被抛洒在冰冷大地上的灵魂

伴着它可怜的蓝色火花

飞翔在雨声之中。

夜的藏品

我打败了梦的天使，不幸的象征：
他不停奔走，脚步声密集
裹着贝壳和知了走来，
自大海走来，沾染上尖锐果实的气息。

他是风，吹晃了岁月，是列车的呼啸，
是床铺上温度的履印，
是黑暗浑浊的声音，如破布般坠入无尽，
是一番距离的往复，是一杯色彩混乱的酒，
是牛群那嘶吼着的满是灰尘的脚步。

有时他黑色的篮子坠压在我的胸口，
他权力的麻袋弄伤了我的肩膀，
他无数的盐粒，他半开放的军队
踏遍了天空中每一件事物，将它们搅乱：
他在风中奔驰，他的脚步就是亲吻；
他坚固的硝石扎根于眼睑
带着必要的活性和庄严的使命；
如主人一般步入准备好的一切——

瞬间就用无声的物质武装完毕，

顽强地扩散开他预言的养给。

我时常看到他的战士们，

腐烂的碎片在空中飞散，他的身量，

对空间的需求是那么强烈

以至下到我的心中追寻；

他拥有不可触及的平原，

他与悲哀的普通人共舞：

他的酸气在夜晚侵蚀我的皮肤

我还听到，他的乐器震颤在我的深处。

我听到昔日朋友和爱过的女人们的梦。

梦的跳动将我摧垮：

我默默踩过它地毯般的质地，

胡乱地啃咬着它虞美人的光芒。

沉睡的尸骸常常

抓住我心中的负担舞蹈，

我们所游荡的城市是多么昏暗！
我那匹影子般的深色骏马化身庞然大物，
掠过年迈的赌徒，掠过破损台阶上的老鸨，
掠过不着寸缕的姑娘们的床铺，
穿过足球运动员，我们御风而过；
然后从天上坠下柔软的果实落入我们口中，
群鸟，寺院的钟，彗星——
那个从纯净之域和震颤中汲取养料的它啊，
或许也看到了我们闪烁着穿行而过。

同伴们的头颅休憩在木桶之上，
在一艘破旧的逃难大船中，在千里之外，
我没有眼泪的朋友们，表情残酷的女人们；
午夜已经降临，死亡的锣鼓
敲打在我的周围，宛如大海的拍击。
口中有种味道，是沉睡者的盐粒。
准确如判决，
昏睡之地的苍白降临在每一个身躯：

一个冰冷的微笑，沉入水中，

一双被蒙住的眼，如疲惫的拳手，

一阵微风，悄然吞噬幽灵。

在这初生的潮湿中，伴着那黑暗的部分，

如底舱般紧闭，空气就是罪犯；

墙壁染上鳄鱼那悲伤的颜色，

纹理似邪恶蜘蛛织就的网：

它踩着柔软之处宛如踩着一头死去的怪物；

黑色的葡萄巨大而饱满，

挂在废墟中，如一个个酒囊。

哦长官，我们分配的时候

请打开那些沉默的门闩，请等等我——

我们应在那里身着丧服共进晚餐，

疟疾病人会守住大门。

我的心，已近黄昏，无边无际，

白昼如一张铺好晾晒的可怜桌布

在人与大地的包围中飘摇；

每个活着的人身上都有些什么存于大气：

天空看得多了，就会出现乞丐，

律师，歹徒，邮差，裁缝，

和各行各业的一小部分，受尽屈辱被抛弃的人

都渴望在我们的内心完成他们的工作。

我从前就在搜寻，不加傲慢地检视，

却毫无疑问地，被黄昏征服。

我们一起[①]

你纯净如斯，来自太阳或是坠落的夜，
你洁白的轨迹是多么过分地胜利，
你那面包般的胸脯，高高耸立，如气候炽烈，
你那黑色的树冠，惹人怜爱，
你那落单小兽的鼻子，如野生的绵羊
闻起来有黑暗的气息，又像是鲁莽霸道的奔袭。

此刻，我的双手是多么有力的武器啊，
铲子般的骨架和百合般的指甲相当完美，
我面庞所在的位置，我租出去的灵魂
即是大地之力的中心。

我的目光受夜晚的影响，是多么的纯净啊，
自深邃的双眼和强烈的欲望坠落而下，
我的双腿如一尊对称的雕塑
每日清晨都攀上湿润的星星，

---

① 据智利学者埃尔南·洛约拉（Hernán Loyola）的研究，本诗与《白日的送葬者》《士兵之夜》《年轻的君王》《鳏夫的探戈》《乔丝·布莉斯》都是写给诗人的缅甸情人乔丝·布莉斯的。

我流亡的嘴巴啃咬着肉体和葡萄，

我雄壮的双臂，我带着文身的胸膛

长着绒毛，如同锡制的翅膀，

我白净的面庞为太阳之核而生，

我的头发是一项项宗教仪式，是黑色的矿石，

我的额头锐利，如一条道路或一次敲击，

我的皮肤是成熟的孩子，注定要被耕耘，

我的双眼是贪婪的食盐，是迅速的姻缘，

我的舌头是大坝和船舶柔软的朋友，

我的牙齿是白色的表盘，是系统的公允，

那寸肌肤在我面前制造出一片冰冷的虚空

又返还我的背后，重回我的眼睑之中，

层层叠叠地附着上我最深处的悸动，

向着我指间、下颌骨和富饶双足上的

那些玫瑰生长过去。

而你，宛如一个星的月份，宛如一个固定的吻，

宛如翅膀的骨架，或是秋日伊始的日子，

小姑娘，我的仰慕者，我的亲爱的，

光将它的床铺安置在你公牛般
巨大的金色眼睑下，圆润的鸽子
常常将白色的巢筑在你身体中。

由块状的浪花和白色的钳子制成，
你的健康是愤怒的苹果无限延展，
颤动的躯体中你的胃发出响动，
你的双手是面粉和天空的女儿。

你同那最绵长的吻多么相似啊，
它恒久的颤抖似乎在滋润着你的身心，
它不断燃烧的炭火，飘动的旗帜，
在你的主宰下渐渐跳动起来，颤抖着飞扬起来
而你的头颅在秀发间渐渐消瘦，
它战士般的形态，它干瘪的圆形，
一瞬间崩塌成一道道线条
如剑刃，如烟烬。

暴政

哦，无心之妇，天空之女，
帮帮我吧，在这孤独的时辰，
用你那直接的冷漠作为武器
和你善于遗忘的冰冷之情。

所有的时间汇聚如一片大洋，
一个模糊的伤口幻化成一个新生的人，
都拥住我灵魂的顽根
啃咬着我安全的中心。

心跳如此沉密地在我心头搏动
宛如一朵汇聚了所有波涛的浪，
我抬起绝望的头颅
努力跳跃，努力死亡。

我的笃定之中有什么在颤抖着与我作对，
在那泪水的源头恣意生长，
仿佛一株破碎却坚韧的植物
满是被绑缚的苦涩的叶子。

小夜曲

你的额头上栖息着虞美人的颜色，
寡妇们的哀悼声还在回荡，哦，小可怜：
当你追着列车奔跑在旷野，
瘦弱的农夫背对着你，
你踏过的足迹中颤抖着涌出甘美的蟾蜍。

失忆的年轻人向你问候，向你问起他遗忘的心愿，
他的双手如鸟儿般在你的空气中上下翻飞，
他周围的那团潮湿那么巨大：
穿越他并不完整的思绪，
正试图追寻什么，哦，是在寻找你，
他苍白的目光在你织成的大网中闪动
一如遗失的乐器倏忽间发出了光芒。

也许我还记得干渴的第一天，
阴影紧紧地包裹着茉莉，
拥庇你的那个深邃的身躯
也颤动着宛如水滴。

但你令大树都沉寂，而月亮上方，

远至不可及的地方，

你如一个窃贼巡视着大海。

哦夜晚，我受惊的灵魂向你问起

绝望地向你问起它急需的金属。

白日的送葬者

来自过度的哀恸和灰一般的梦境

我举着苍白的华盖，带领着一支显眼的送葬队伍，

一阵独来独往的金属般的风，

一位濒死的身披饥饿的仆从，

在大树投下的清凉，和太阳的精髓中，

它那来自恒星的生命力注入花朵，

当愉悦降临在我金子般的皮肤，

你，珊瑚色的幽灵，长着虎爪，

你，葬礼的场合，火灰的相聚，

窥伺着我幸存的园地

手里还握着月亮之矛，微微颤抖。

只因被空荡晌午穿过的那扇窗户

总有一天将在翅膀里装满更多的空气，

野心撑大西装，梦想灌满阳帽，

一只极端的蜜蜂不停地燃烧。

此刻，是怎样意外的脚步踩得道路嘎吱乱响?

怎样凄凉的车站蒸汽氤氲? 怎样易碎的脸庞宛如水晶?

甚至，驮着麦子的老旧马车，发出的是怎样的声音?

唉，接二连三，哭泣的海浪，碎裂的盐粒，

飞逝而过的天国之爱的时光，

已然出现寄宿者的声音与等待的空间。

走完的距离，背信弃义的怨怼，

继承而来的希冀混杂着黑暗，

甜蜜得令人揪心的陪伴

和有着透明血管和花形雕塑的日子，

在它们中，还有什么将在我

贫乏的终点、虚弱的作品中存留？

至于我黄色的床和布满星星的存在，

谁又不是与之为伴，同时也不愿出现？

我拥有一种跳动着的力量，一支麦子做成的箭，

胸膛里的弓跃跃欲试，

还有微弱的脉搏，水一般坚韧，

如某种永远在碎裂的东西，

刺穿我的分离直至尽处，

浇灭我的力量，放大我的痛苦。

五月的季风

季节的风，绿色的风，

载着宇宙与水，悉知人间疾苦，

卷起它那死亡的皮革

和日渐消失的物质制成的大旗，仿佛施舍出去的钱币：

如此，某天它裹上一身银白和冰冷，

脆弱得像巨人手中一柄水晶之剑

在诸多庇护着它怯懦叹息的力量中，

它的泪水摇摇欲坠，它的沙砾一无是处，

被包围在四处穿梭嘎吱作响的力量中，

如战场中一位赤身裸体的战士，

举起他雪白的枝丫，他毫无把握的信心，

他在围陷中抖落的盐晶。

只执一丝微弱的火苗，和一缕转瞬即逝的火焰，

要怎样休憩，要怎样去爱少得可怜的希望？

要对何物举起那饥饿的大斧？

要掠去何物？要从哪道闪电中逃走？

它的光几乎没有长度，不会颤动

拖行而过，如同悲伤嫁衣的裙摆

装点着注定死去的梦与苍白。

因为阴暗所触摸的一切，混乱所渴望的一切，

坠落，流淌，高悬，无法平静

在空中毫无防备，被死亡征服。

唉，这就是所期待的一天的结局，

邮件，起航，交易，向着它奔去，

死去，定居，发潮，不曾拥有属于自己的那片天空。

它那充满气味的帐篷，它那深邃茂密的枝叶，

它那飞速流转的火红云彩，它那鲜活的呼吸，又在

何方？

一动不动，身披临终的光辉和暗淡的鳞甲，

它将目睹雨水将它一分为二

目睹被水滋养的风击打它的残躯。

诗的艺术

在黑暗和空间之间，在装饰与少女之间，

拥有独特的心脏和不祥的梦境，

突然间面色苍白，额头上一片憔悴

如暴怒的鳏夫整日哀伤，

唉，对于我昏昏欲睡喝下的每一口无形的水，

和我战栗着庇佑的每一个声响，

我都缺乏同样的渴望，抱以同样冰冷的狂热，

新生的听觉，隐晦的痛苦，

像是窃贼或幽灵的到来，

在牢固又深邃的外壳中，

像一个卑微的侍者，像一口略微喑哑的钟，

像一面古旧的镜子，像一股孤独房屋中弥漫的味道，

在那里，酗酒成性的客人们深夜登门，

扔在地上的衣服散发着气味，也没有花的影子——

或许另一种表达不会显得如此忧郁，

但，事实上，倏忽而至，这拍打着我胸脯的风，

那些充斥着无尽物质落入我卧室的夜，

与祭品一同燃烧的一日喧哗，

都悲伤地要我说出我心中的预言，

有什么东西敲打着发出呼唤却毫无回应，

还有一种无休止的动作，一个令人困惑的名字。

阴暗的系统

这些黑色的日子每一天都像废铁，
被太阳打开，如公牛硕大猩红的眼睛，
空气和梦境都无法将其维持，
它们无可挽回地瞬间消失，
没有什么能取代我错乱的本源，
盘亘在我心中那长短不一的尺子
日日夜夜孤独地锻造着，
熔进数不尽的混乱和伤悲。

这便如同一座麻木而眼盲的瞭望塔，
不肯轻信，注定要痛苦地窥伺
面对着时光的每日汇聚而成的那面墙，
我不同的面孔互相重叠，互相连接
如苍白而沉重的巨大花朵
顽固地被替代，死去。

阿多尼斯的天使

今天我卧在一位纯洁的少女身边
宛如卧在洁白大洋的岸边，
宛如卧在缓慢的宇宙里
　　一颗燃烧的星星中间。

她的目光嫩绿得绵长
光如干涸的水从中落下，
落入澄澈而深邃的
　　圆圈，充斥着新鲜的力量。

她的胸脯炙热，如同两团火焰
在昂起的双峰上熊熊燃烧，
两股小溪般蔓向她的
　　双足，巨大而明亮。

金黄的气候刚刚
让她身体上白昼的经线成熟
填入其中的是累累硕果
　　和隐秘的烈火。

奏鸣曲与毁灭

历经许多沧桑，行过模糊的里程，

迷茫于版图，困惑于领地，

伴着暗淡的希望，

不忠的陪伴和不安的梦境，

我爱我眼中依然存在的坚韧，

我倾听心中自己那骑士般的步伐，

我啃咬沉睡的火焰和残破的盐巴。

在深夜，在黑暗的空气和远去的哀悼中，

那守夜人在营地旁，

以无效的抵抗自我武装，

旅人困于蔓延的阴影和颤抖的羽翼之间，

我感到我就是这样，而我石头般的臂膀将我护防。

研究哭泣的学科中有一座混乱的祭台，

在我那毫无芬芳的傍晚会议中，

在我被遗弃的栖居着月亮的卧室内，

还有我财产中的蜘蛛，和我喜爱的毁灭，

我爱着自己失落的存在，我不完美的本质，

我白银的敲击和我永恒的失去。

湿润的葡萄燃烧了，它那死亡的汁液
仍在晃动，仍然存在，
还有贫瘠的遗产，和叛逃的家园。

是谁举办了灰烬仪式？
是谁爱恋过所遗失的，是谁保护过那最终的？
是父亲的骨，死亡之舰的木，
是它自身的结局，它自我的遁逃，
是它悲伤的力量，它可悲的神明？

于是，我窥探着，死寂与痛苦，
和我所坚守的奇怪的证言
带着残酷的效率和灰烬中的字迹，
是我偏爱的遗忘方式；
我赐予大地的姓名，我梦境的价值，
我用我冬日的双眼
分割的无尽时光，在这个世界的朝夕之间。

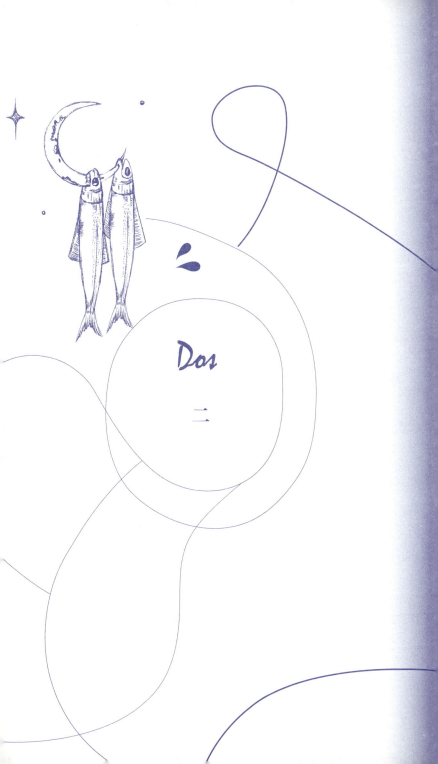

Dos

二

士兵之夜

　　我制造出士兵之夜，这时间属于既不悲伤也不毁灭的人，被大洋和一个浪头抛向远方的人，他不知苦涩的水已将他劈开，让他渐渐衰老，缓慢而不知恐惧，投身生命的日常，无病无灾，处处在场，蜗居在皮肤和外衣之下，黑暗得坦诚。如此，我见到了愚笨却开心的伙伴们，他们吸着烟，啐着唾沫，狰狞地喝着酒，却在一瞬间身患绝症。因为，士兵的阿姨、他的女友、他的岳母、他的弟妹都不知身在何方。许是死于流放，又或是死于疟疾，渐渐变得冰冷、泛黄，搬到一颗冰块打造的星星上，搬到一个凉爽的行星上，去休息，最终，置身于冰冷的姑娘和水果中，而他们的尸骨，他们可怜的火焰般的尸骨，会在雪花石膏雕琢的天使的保护下，远离火焰与灰烬，睡去。

　　坠落的每一个白昼，都不得不在黄昏时屈服。我在那时分信步走过，完成不必要的执勤，我穿过穆斯林商贩，穿过朝拜奶牛和毒蛇的人群，我穿行而过，不讨人欢喜，面容平平。日子并不是一成不变，有时也会下雨：沉默的湿润从天空的炎热中降下，宛如一滴滴汗珠，落在巨大的植物上，落在凶兽的脊背上，沿着一片寂静，这些潮湿的羽毛时而交织，时而舒展开来。夜晚的雨水，是古老季风的泪，是咸的唾液，仿佛骏马口中的白沫坠落而下，缓慢地上升，可怜地溅落，在讶异中飘飞。

如今，我那专业的好奇心又在何处？那低落的温柔只在宁静中才能绽放，它在何方？那闪烁的意识之光为我镀上极致的蓝色，它又在哪里？我开始像孩子一般呼吸，直到心脏是在强行跳动，是在以顽强的生理耐力跳动，毕竟我每日进食，毕竟我年岁既长，已被剥去复仇的行头和金色的皮肤。岁月只有一个季节，在我的脚下滚动，白昼与黑夜拼成一个日子，几乎总是停驻在我身上。

于是，时不时地，我会去造访眼睛和胯部青春着的姑娘，她们的头上别着黄色的花朵，如闪电般闪亮。她们每个脚趾上都戴着足戒，脚踝上环着镯子、链子，还有各种颜色的项链，而我将它们摘下，细细检查，因为我喜欢面对毫无遮碍的紧实身体时的惊喜，我不会吝啬我的亲吻。我的双臂揣量着每一尊新鲜的雕像，她带来生动的慰藉，在寂静中我因男性的饥渴汲取着。我躺着，仰望这易逝的造物，目光攀上她赤裸的身躯，直至她的笑容：在我上方，巨大的，向上三角状的，被两团圆球般的乳房托举在半空，它们稳稳地停在我的眼前，如同两盏用白色灯油和甜蜜力量点燃的油灯。我向她深色的星星请求，向她皮肤的灼热请求，请求它们的庇护。我一动不动，沉下胸膛，如同一位不幸的敌人，拖着厚实却脆弱的四肢，身体无助地起伏挣扎：又或像一个苍白的车轮在她身上转动，被轴条、被手指切分，迅速地，深深地，转动着，宛如一颗脱离了轨道的星辰。

唉，之后的每晚，废弃的炭火中总有什么自行燃尽，被废墟包裹起来，落入葬礼的物件之内。我常涉足于此，披挂无用的武装，遍身无力的反抗。我轻手轻脚地保管着被深夜的物质浸染的衣服和骨头：那是短暂的尘土，渐渐与我融为一体，替换之神常常守护在我身边，顽强地呼吸，举起了宝剑。

通信受阻

那些日子让我的预感不再清晰。集邮爱好者进入我家里，埋伏起来，在季节深入之后，攻入我的信件，掠夺其中新鲜的亲吻，那顺服于绵延的海上居所的吻，和由女性科学与防御书法写就，用来守护我的幸运魔咒。

我与别人的房子、其他人，还有纷披壮丽的树比邻而居，热情的树枝搭出的顶棚，露出水面的根茎，生长的枝干，笔直的椰子树，在这些碧绿的泡沫中，我穿行而过，戴着我那尖角的阳帽，怀揣一整颗小说家的心，重重地踏着光明的阔步，因为我的力量渐渐消磨，化为灰烬，却依旧在寻求着对称，如同坟墓中的亡人，那些熟悉的地方，直到那时仍被忽视的地方，还有那些在我的遗弃中生根发芽的面孔，宛如迟缓的植物，它们以恐惧和寂静挟裹我，宛如被突如其来的秋日搅乱了的大把树叶。

鹦鹉，星星，还有那官方的太阳，一阵突然的湿润，都让我萌生出一种思考大地和覆盖着它的一切的兴致；老房子里的蝙蝠带来的满足感，一个赤裸女人的指甲带来的精致感，它们在我身体里放入我可耻的才能那脆弱而坚韧的武器；忧伤将它的沟壑布在我身体的纹理；而情书，因纸张和恐惧而苍白，摘除它颤抖的蜘蛛——它艰难织网，不停地拆了又织织了又拆。当然，我从月光中，从它偶然的延长中，还有，从它冰冷的轴线中——那是鸟儿们（燕子、白鹅）在狂乱的迁徙中也不能踏足的轴线，从它蓝色的、光滑的、纤弱的、未加修饰的皮肤中，我，堕入痛苦，如同在白色武器下受伤倒下的人。我是有特殊血液的人，这种同时具备夜晚与海洋气息的物质让我改变，让我痛苦，而尘世间的水，削弱了我的力量和我经营打算的才能。

　　以这种重大的方式，我的骨头在我的考量中获得了较大优势：宁静、海岸边的住宅吸引着我，让我虽毫无安全感，却非此不可，而一旦到达那个地方，被沉默而静止的合唱包围，臣服于最后的时光和它的芬芳，对不确定的地方和水泥扶手椅上将死的簇拥者并不公正，我将以军人的方式等待着时间，于冒险中佩上沾染遗忘之血的花剑。

无人居住

　　不可战胜的季节！在天空的边界，一阵苍白的北风越吹越猛，褪色的风夹杂着侵略的意味，吹向目之所及的一切，如同醇厚的乳汁，如同坚硬的帷幕，从未失落。生灵因此感到孤独，臣服于那怪物，被紧逼的天空围困。面对发白的海岸，竖起断裂的桅杆，被坚固之物遗弃；置身迷雾之屋，面对时间的推移，却无法踏入其中。刑罚与恐怖！就因曾伤痕累累，无依无靠；就因选择过蜘蛛、丧服与传教服；就因曾逃避过，对这个世界厌倦透顶；就因曾讨论过狮身人面像、黄金和不祥的命运；就因曾将灰尘沾染到日常穿的衣服上；就因曾以遗忘的气息亲吻过大地根源。但都不是。不是这样。

　　雨水中冰冷的物质阴郁地飘落，是无法复活的痛苦，是遗忘。我的房间里没有挂画像，我的衣服没有光泽，在这之中又有多少空间能够永远存留？白日里那缓慢笔直的阳光要如何才能凝成一滴浓墨？

　　持之以恒的运动，笔直的小路上时不时有终结之花长出来，那些或温柔或粗鲁的同伴，那些并不存在的大门！我每日都吃下一块嗜睡的面包，饮自一汪孤独的水！

　　锁匠咆哮着，马儿小跑着，雨水打湿瘦马，手持长鞭的车夫咳嗽着，多可恶啊！而其他，乃至千万公里外的其他事物，都纹丝不动，六月覆盖一切，还有它潮湿的植物，它沉默的动物，如同浪潮层层汇聚。是啊，是什么样的冬日之海，是哪一块沉入水底的领土在挣扎着存活，这茂盛的表面穿越过丧葬的千帆，显然已经死亡。

　　傍晚来临时，我常常会提灯来到窗边，看着自己，靠在可怜的木制家具上，在潮湿中，在突然脆弱的墙壁间，躺着，宛如一副陈旧的棺木。我做着梦，梦到一次次离别，梦到在另一个远方，得到接纳，略带苦涩。

年轻的君王

就像承上启下的书页一般，我应当将我的星星送往充满爱的地方。

国土被禁锢在炽热的长臂之间，两道平行的激情，还有一个铸金之地，黄金由系统与精准的战斗科学卫防。是的，我想迎娶曼德勒①最美的姑娘，我愿将我尘世的外壳托付予她下厨的声响，托付予她跳动的裙摆和赤裸的双足，它们挪动着，交缠着，宛如树叶与风。

双足小巧、叼着大烟卷的小姑娘，她的爱情是她纯色圆柱形盘发上的芬芳花朵，是行走在危险中，一枝垂着脑袋、根茎健硕的百合。

我的妻子在我身侧，依偎着我那来自远方的声音，我的缅甸妻子，国王的女儿。

我吻上她乌黑的卷发，和她永恒甜蜜的双足：夜幕已降临，它的磨坊已然除去了枷锁，我聆听心中的猛虎，我为我的离去泪流。

---

① 曼德勒（Mandalay），缅甸古王都。

黑夜所建

我艰难地呼唤着现实，宛如一条狗，也会吠叫。我多想让贵族和船夫对话，多想画一只长颈鹿，多想描写手风琴，多想将我的缪斯女神颂夸，她赤身裸体，缠住我时攻时防的结实的腰。这就是我的腰，我的身体，一场清醒的、长久的战斗，我的肾脏已听到。

哦上帝，有多少青蛙在夜间出没，发出呼啸，如四十岁人类的嗓音聒噪；一道曲线围绕着我，延至尽处，多么纤细而久长。意大利歌唱家遇到这种情况一定会哭泣，还有被这黑暗黎明紧束、连心脏都被这利剑所勾勒的天文学博士，他们也会落泪。

然后，是那凝结，那夜之元素的集合，那万事万物背后的假象，还有那星星散发出的清晰的寒凉。

谴责瞑目的逝者，谴责酒精与不幸造成的伤痕，赞扬守夜者，像我这样的智者，残存的天空仰慕者。

埋葬于东方

我在夜晚工作，周遭是城市，
是渔夫，是陶瓷匠人，是焚烧的尸体
夹杂着番红花和水果，裹着猩红的棉纱：
在我的阳台下，那些可怖的尸体
穿行而过，发出锁链和铜笛的声响，
刺耳，尖锐，凄凉，嘶嘶作响，
穿过沉甸甸的毒花那鲜亮的色彩，
穿过满身烟尘的舞者的尖叫，
穿过一声比一声高亢的单调锣鸣，
穿过刺鼻木材燃烧时释放的烟雾。

因为道路一旦弯折，沿着浑浊的河流，
他们的心脏，停止跳动的，或开始剧烈搏动的，
就会燃烧着转动起来，腿和脚都是烈火，
而灰烬则会颤颤巍巍地落在水面，
如燃烧殆尽的花束漂流而去，
又如某些强人旅者在漆黑的水面点燃了什么，
吞下消失的气息和烈酒后
留下的将熄的火。

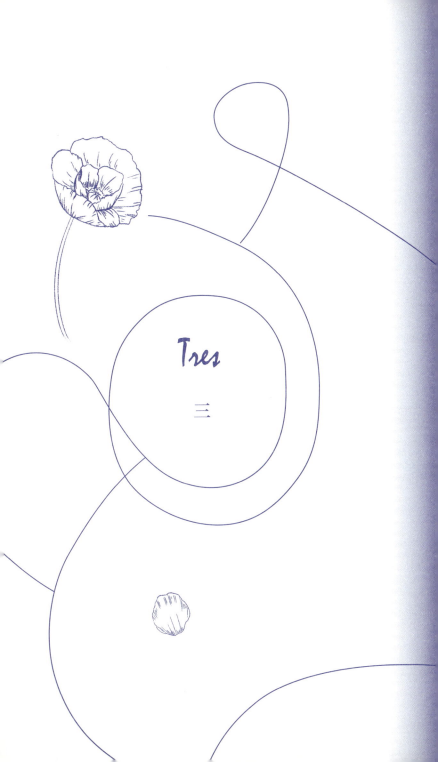

Tres

三

独身男人

同性恋的年轻人和多情的姑娘们
还有受狂乱失眠困扰的高挑寡妇们，
还有刚怀孕三十小时的年轻女人们，
还有黑暗中穿过我花园的叫声嘶哑的猫群，
如同一串跳动的充满性欲的牡蛎
圈住我寂寥的住所，
如同我灵魂的宿敌，
如同身着睡衣的阴谋家
用命令交换一个个绵长浓郁的吻。

明亮的夏日让
身着悲伤军队制服的相爱之人
组成一对对或胖或瘦、或愉快或悲伤的伴侣：
在优雅的椰子树下，在大洋边，伴着月色，
一条条裤子和一件件裙子延续了他们的生命，
丝质的长筒袜被抚摸发出声音，
女性的乳房一闪一闪，如同明亮的眼眸。

那个小职员，经历了种种，

经历了周而复始的厌倦，经历了夜晚卧床阅读小说，

最终还是引诱了他的邻居，

带她去看悲情的电影，

主角或是小马驹，或是热情的王子，

而他则用他满是烟味的灼热潮湿的双手

抚摸上她布满甜美绒毛的双腿。

引诱者的傍晚和夫妻们的夜晚

互相交织，像两块床单将我覆盖，

还有青年男女学生和牧师们

午餐后自慰的时光，

还有动物们直接地通奸，

蜜蜂们满身的血腥味，

苍蝇们狂暴地嗡嗡乱飞，

表兄妹们做着奇怪的游戏，

医生们恼怒地看着年轻女患者的爱人，

早晨的时光，教师仿佛漫不经心地

履行丈夫的职责，然后享用早饭，

而更为特别的是，私通的人们真心相爱着

在高高的、长长的、大船一般的床铺上：

这广袤的呼吸着的茂密森林

有着宛如唇齿的巨大鲜花，

和指甲与皮鞋状的黑色根茎，

它们一定会永恒地围绕我。

为我的双腿举办的典礼

我盯着我修长的双腿看了许久

带着无限的柔情和好奇，带着惯有的热情，

仿佛它们曾属于某位圣洁的女子

却深深地坠入我胸腔中的深渊：

事实上，当时间，时间飞逝，

飞过大地，飞过屋顶，飞过我不洁的头颅，

飞逝，时间飞逝，在夜间我感觉不到我的床上、

我的身侧躺着一个熟睡的女人，赤身裸体，呼吸均匀，

怪异的、深邃的东西便取代了她，

放荡的、忧郁的想法

在我的房间里种下无数可能，

因此我看着我的双腿，仿佛它们属于另一副身躯，

紧紧地、温柔地连接上我的五脏六腑。

像枝干，像女人的腿，可爱的东西啊，

自膝盖向上生长，圆润，紧实，

混乱而密密匝匝的存在之物附着其上：

仿佛女神健壮有力的手臂，

仿佛怪异的披着人皮的树木，

仿佛致命的巨大嘴唇，干渴而静穆，
它们是我身体最美好的部分：
完完全全是一个实体，没有复杂的内容
不含感官，没有气管，亦无大肠或是淋巴；
什么都没有，如此纯净，如此甜美，如此紧实地出现在
我的生命里，
什么都没有，只有形状和体积存在，
却以完整的方式保卫着生命。

如今人们穿过世界
几乎忘记了他们拥有一具躯体，其中
保存着他们的生命，
有恐惧，被词汇支配身体的世界中有恐惧，
人们赞许地谈论着穿着
或许是谈论着裤子和西装，
或许是谈论着女人的内衣（"女士"长筒袜和袜带），
仿佛街上完全只有空荡荡的衣服和西装
而黑色的淫秽的衣帽间已将整个世界占有。

这些衣服有它们的存在，色彩，样式和意志，

在我们的神话中有深刻的地位，过分的地位，

在这个世界上有太多的家具，太多的房间，

而我卑微的身体居住其中，伏于其下，

痴迷于奴役和枷锁。

好吧，我的双膝，如同两个绳结，

那么独特，有它的功能，那么显眼，

利落地将我的腿分成两半：

而实际上，两个不一样的世界，两种不同的性别，

也没有比我双腿的各半更为不同。

自膝盖到脚都是硬邦邦的，

如同矿石，看起来冰冷却有用，

那是骨头和坚韧的造物，

而脚踝已然不是脚踝，是赤裸裸的企图，

它的精准与必要最终也呈现出来。

没有色欲，短小、坚硬、充满阳刚之气，

这就是我的双腿，赋有

一块块肌肉，像成群的动物，

那里也有一个生命，一个顽强的、微妙的、锋利的生命，

不带战栗地维续着，等待着，运转着。

我敏感的双足，

坚硬如同太阳，盛开如同鲜花，

是空间的灰暗战争里

永恒而杰出的士兵，

万象终止，生命最终止于我的双足，

外界与敌意就从那里开始：

世界的名称们，边界与远方，

名词与形容词，这些我的心脏不能承受之物，

都带着沉重冰冷的坚定源起于此。

长久以来，

加工品，长筒袜，鞋，

甚至简简单单的无尽的空气，

都存在于我的双足与大地之间

加重我的孤独与身躯的孑立，

有什么顽强地存于我的生命与大地之间，

有什么公然地不可征服又不怀好意。

货船上的幽灵

泡沫管道之上，逃离之遥，
典礼般的浪花和清晰秩序中包含的盐粒，
腐烂的木头和生锈的铁器
散发出属于旧船的声响和气息，
老化的机器还在呼啸、呜咽，
推着船头继续向前，敲击着船舷一下又一下，
咀嚼着哀叹一声又一声，吞咽着路程一里又一里，
老旧的货船在老旧的大海中航行，
在酸涩的海水中发出酸涩的喧音。

港口断断续续的白昼造访
内部的仓库，黄昏的隧道：
口袋，口袋，阴暗的神将它们摞起来
宛如一只灰暗的动物，圆润，没有眼睛，
却有可爱的灰色耳朵，
尊贵的肚子里装满小麦和椰干，
就像孕妇的敏感腹部，
寒酸地穿着灰色的衣服，耐心地
等候在伤心电影院的暗处。

外面的海水忽然间

发出哗哗的声响奔过，如同一匹晦暗的马儿，

蹄子飞快地在水中踏出声响，

又渐渐再次沉入迅疾的水里。

船舱里只剩下时间：

时间在不祥而孤独的餐厅里，

一动不动，肉眼可见，如同一场巨大的灾难。

皮革和布料浓郁的气味弥漫开，

还有洋葱的味道，油的味道，还有，

某个漂浮在货船角落里的人的味道，

某个不知名姓的人的味道，

如同气浪沿着楼梯一泻千里，

用他无形的身躯穿过走廊，

被死亡保护的眼睛观察着周遭。

他的眼睛没有色彩，也没有神，

迟缓，游移颤抖，既不存停，亦无阴影：

声响让他瑟缩，物品将他刺穿，

他的透明让蒙尘的椅子都烁烁放光。

那连个幽魂之形也无的幽灵是谁？
他的脚步轻盈，如同夜晚撒下的面粉，
他的声音，只受拥于各种物品。

家具旅行于他安静的身体
将其填满，像是旧货船里的一艘艘小船，
填满他黯淡而混沌的身躯：
衣橱，绿色桌布，
窗帘和地面的色度，
所有一切都经受于他手里缓慢的空虚，
消磨于他的呼吸。

他流走着，滑行着，渐渐下沉，通体透明，
他与冰冷的空气融为一体穿过货船，
看不见的手握住栏杆
再凝望货船身后飞速撤退的苦涩大海。
只有海水拒绝他的影响，
拒绝这个被遗忘幽灵的颜色与气息，

而浪花的舞蹈鲜活而深邃

仿佛火热的生命，仿佛鲜血或香水，

新鲜又强力地不断涌现，不断汇集又重聚。

大海无穷无尽，没有规律，亦无光阴，

磅礴的碧绿，不断翻涌，冰凉刺骨，

拍打着货船黑色的肚子，冲刷着它的身躯，

它破旧的补丁，它的斑斑锈迹：

生动的海水啮咬货船的坚壳，

贩卖着它长长的泡沫之旗，

和水滴中飞舞的盐的牙齿。

看向大海，幽灵用他无眼的面容：

一日的循环，货船的咳嗽，一只海鸟

在这片空间飞出圆滑孤独的方程，

而他再一次下沉到货船的生命

落在死亡的时间和木材之上，

滑行在黑暗的厨房和船舱，

空气和氛围都变得缓慢，空间荒凉。

鳏夫的探戈

哦小魔女，你应该已经发现了那封信，急怒地哭过，
你应该已经咒骂过我母亲留下的回忆，
说她是烂母狗，生了群狗东西，
你应该已经独自痛饮过，就你自己，傍晚的茶，
盯着我空荡荡的旧鞋子，永远空下去，
你很快便不能再记得我得过的疾病，我夜晚做过的
梦，我吃过的食物，
也不会再高声咒骂我，好像我还在此处，
向我抱怨热带的气候，印度的苦力，
抱怨那让我备受伤害的毒热，
和那些让我至今厌恶的可怕的英国人。

小魔女，真的，长夜何其漫漫，大地多么孤寂！
我又一次来到空荡荡的房间，
吃着餐厅里冰冷的午饭，
又一次把裤子和衬衣丢到地上，
我的房间里没有衣架，墙上也没有什么人的画像。
我愿将我灵魂中的黑暗尽数交出，只为让你归复，
那几个月份的名字对我而言是多么可怕，

而"冬日"这个词的声音，多么像哀戚的鼓声。

稍后你会发现我把刀埋在椰子树下
害怕你用它将我杀死，
但现在我突然想闻闻它那带着厨房气味的刀身，
它已习惯被你的手握住，已习惯你闪亮的足：
在土地的潮湿下，在喑哑的根茎间，
在人类所有的语言中，它，可怜的东西，
只知你的名字，而那稠实的大地却不知
你的名字，来自坚不可摧的神圣物质。

我一想起你双腿上明亮的白昼就会心痛，
它们卧着，像静止而坚硬的太阳的水，
你眼中有燕子休憩飞舞，
你心中收养着恶犬，
我还看见了此刻开始横亘于我们间无数的死亡，
我呼吸着灰烬和破败的一切，
还有永远围绕我的长久、孤单的世界。

我会把这盛大海风当作你急促的呼吸

每个不被遗忘的漫漫长夜我都会听到，

它融入空气，如鞭子抽打骏马。

我会把这海风当作黑暗中听到你在房屋尽头小便，

如细细的蜜汁颤抖着倾倒而下，清脆悦耳，涓涓不断，

有多少次我都要交出我拥有的黑暗的合唱，

和我灵魂深处无用的剑发出的嘈杂，

还有我额前孤零零的染血的鸽子

它呼唤着消失的事物、消失的人们，

神秘地不可分割又无可挽回的物质。

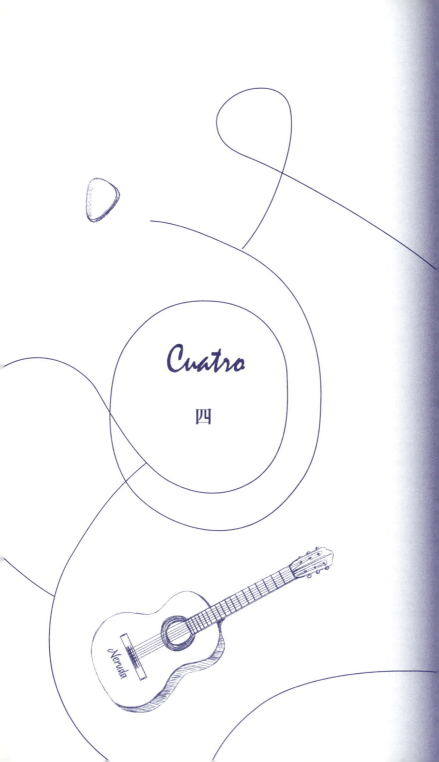

Cuatro

四

歌谣

枝叶横陈的玫瑰花一路吞噬
攀登上圣者的头顶；
繁盛的利爪抓住时间
捆绑到疲倦的人身上：
膨胀起来，吹入坚韧的静脉，
在肺部捆上细绳，然后
久久地倾听着、呼吸着。

我欲死亡，我亦欲生存，
工具，巨犬，
浓稠的海洋波澜起伏
海面老旧而黑暗。

我那缓缓的吉他声
来自我内心的盐分，
如同咸涩海水中的鱼，
阴暗中它为谁、又对谁奏响？

唉，多么经久封闭的一个国家，

中立，在战火中，
一动不动，在可怕的转变中，
是万物湿润中唯一的干燥。

于是，在我的双膝间，
在我的眼底，
我的灵魂孜孜不倦地缝合着：
它可怕的针劳作着。

我幸存于大海的中央，
孤身一人，伤痕累累，
孤执地坚持着，
痛苦不堪地被抛弃。

冰冷的工作

告诉我，在你偏爱的温柔半球
回响的时间里，
你难道没有听到隐忍的呻吟？

你难道没有慢慢感觉到
在颤抖着不知疲倦的工作中，
固执的夜晚又再度回还？

干燥的盐粒和空中的血雾，
河水的匆匆奔流，
目击者颤抖着作证。

墙壁黑暗的崛起，
门的疯狂生长，
因刺激而暴乱的人们，
循环往复，无法抑制。

四周，无穷无尽，
没完没了的宣传中，

牲畜的口鼻全副武装，面容清晰，
空间沸腾，繁茂生长。

你难道没有听到，在人类的比赛中，
时间获得了持续的胜利？
它缓慢如火焰，
可靠，浓烈，力大无穷，
不断累积着容量，
再添入如丝的悲伤。

如同一株永恒的植物
它纤细苍白的枝梗不停生长，
沾染上孤独中
无声降落的雨滴。

是阴影

考量什么样的希望，什么纯粹的兆头，
什么最后的吻埋在心中，
在无依无靠与智慧的起源俯首称臣，
在永恒躁动的水面柔软而安全？

梦境里新生的天使停留在
我沉睡的肩上，寻求永恒的安全，
他需要怎样充满活力、行动迅速的翅膀？
死亡的星球之间，这段艰难的飞行何时启程，
几天前，几个月前，还是几个世纪前？

或许多疑而焦虑的人那天性中的脆弱，
忽然在时间中寻求永恒，在大地上寻找边界，
或许无情积累的倦态与年岁，
四处漫延如新生大洋的潮汐，
拍打在痛苦荒凉的海岸与陆地。

唉，让我这样的人继续存在，又慢慢停止存在，
让我的顺从听命于诸多钢铁般的条款，

只为死亡与新生的震颤不要打扰到
我想为自己永存的深处。

那么，让我这样的人，在某个地方，在任何时候，
确定的、坚定的、热情的目击者，
小心翼翼地自我毁灭，无休无止地自我保留，
不言而喻地，坚守原本的职责。

卷
二

Volumen 2

Residencia en la tierra

1931 — 1935

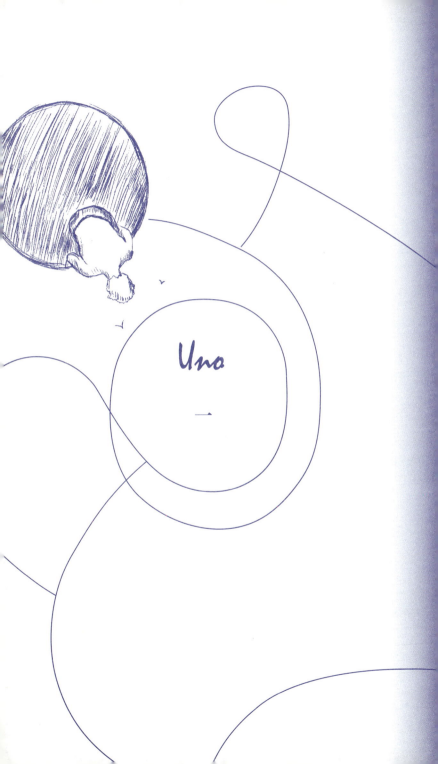

Uno

特别之日

在声响之中出现数字，
一个个垂死的数字带着肥料，
一道道闪电潮湿而肮脏。
在声响之中，生长着，当
夜晚孤零零地出现，仿佛刚丧偶的寡妇，
仿佛鸽子，仿佛虞美人，仿佛一个吻，
而它耀眼的星光照耀四方。

在声响之中，光线应验：
元音被淹没，哭声坠入花瓣，
呼啸的风如巨浪轰鸣，
烁烁放光，冰冷灵活的鱼儿居于其中。

声响中的鱼儿，缓慢、机敏、潮湿，
弓起的身体如金子一般，尾巴还带着水滴点点，
布满鳞片的鲨鱼与颤抖的泡沫，
双眼冷冽的蓝色鲑鱼。

坠落的工具，装蔬菜的木车，

被压扁花束的沙沙作响，

灌满水的小提琴，新鲜的爆炸，

沉入水底的马达，满是烟尘的阴影，

工厂，亲吻，

跳动的瓶子，

咽喉，

黑夜在我周围发出声响，

白昼，年月，时间，

仿佛一个个装满潮湿铃铛的口袋作响

又像脆弱的盐粒那一张张可怖的嘴巴。

层层海浪，层层峭壁，

利爪，大海的脚步，

裹挟动物残体的水流，

沙哑迷雾中的哨声，

催生出柔美朝霞的声音，

在废弃之海醒来。

灵魂从梦中掉落

翻滚向那声响，

仍被它黑色的鸽子层层包围，

还披着它不存在的破布。

灵魂向着那声响而去，

欢庆着、催促着它一场场快速的婚礼。

沉默的外壳，是浑浊的蓝色，

就像关闭的黑暗药房中一个个玻璃瓶，

被包裹在毛发中一声不吭，

一声不吭地疾驰，在没有四蹄的骏马上，

在沉睡的机器上，在没有风的船帆上，

在装满枯萎茉莉和蜡烛的列车上，

在装满黑暗和阳帽的不堪重负的货船上。

从无声中灵魂升腾而起，

伴着转瞬即逝的玫瑰，

到白日的清晨就倾塌，

在发出声响的光明中窒息地趴下。

鲁莽的鞋，野兽，日用品，

烦人的鸡群浪潮般四散而去，

钟表走动着，如同空荡荡的胃，

车轮在损坏的轨道上滚动着，

白色的抽水马桶醒来，

睁开木制的眼睛，如同独眼的鸽群，

它们的喉咙泡在水里，

突然发出声响，宛如暴雨倾盆而下。

你们看啊，霉迹如何抬起它的眼眸，

红色的大锁如何解开，

花环如何施展手腕，

生长的万物，

桥梁被巨大的有轨电车压垮

嘎吱嘎吱如同有人做爱的床铺，

黑夜已经打开它钢琴般的大门，

白昼如骏马一般疾驰在自己的法庭中。

白昼渐渐生长，节节攀升，

在声响中诞生，

还在被采摘下来的紫罗兰中，在窗帘中，

在四周，在刚刚逃遁的黑暗中，

天空之心下起雨来

一滴一滴如同天空的血液。

只有死亡

有孤独的坟墓，

葬满无声的骨，

心穿过隧道，

那么深邃，那么深邃，那么深邃，

我们从外向内死去，仿佛一场海难，

仿佛我们在心里窒息而亡，

仿佛我从皮肤渐渐坠入魂魄。

有嶙峋的尸骨，

有冰冷黏湿的墓碑底座，

有死亡在骨头中，

宛如纯粹的声响，

宛如凭空而来的犬吠，

从某些钟里、从某些坟墓里流淌出来，

在一片仿佛抽泣或雨水的潮湿中滋长。

有时我独自瞧见，

起帆的灵柩

载着苍白的尸体，载着连发辫都已死去的女人，

载着洁白如天使的面包师，

载着沉思的、嫁给了公证员的姑娘，

灵柩让死者汇成的垂直河流再次上涨，

深紫色的河流

向上流去，漂浮着被死亡的声音吹鼓的船帆，

被死亡的无声吹鼓的船帆。

死亡降临喧嚣，

仿佛无脚的鞋，仿佛无主的礼服，

用没有宝石没有指头的戒指也能敲击，

没有嘴巴，没有舌头，没有喉咙也能喊叫。

但它的脚步响动

它的衣服摩擎出声，那么安静，似一棵树。

我不清楚，不甚了解，只是偶尔得见，

但我认为它的歌声是潮湿的紫罗兰的颜色，

是习惯了大地的紫罗兰的颜色，

因为死亡有一张绿色的脸，

死亡有绿色的目光，

伴着紫罗兰一片叶子尖锐的潮湿，

和它凛冬般沉重的颜色。

但死亡也会扮成扫把游历世界，

舔舐着大地寻找尸体，

死亡就在扫把上，

是死亡的舌头在寻找着亡者，

是死亡的针眼在寻找着丝线。

死亡就在行军床上。

在迟缓的床垫，在黑色的毛毯

它躺下来，突然吹了吹气：

吹出一声深沉的响动让床单都鼓动起来，

就有床向港口航行，

而它就在那里等待，身穿海军将领的军服。

船歌

只要你触碰我的心，

只要你将你的嘴贴在我的心上，

你的薄唇，你的牙齿，

如果你将你红色利箭般的舌头

伸入我满是尘土的心跳动的地方，

如果你在海边，哭泣着吹拂我的心，

它就会发出黑暗的声响，发出疲惫列车车轮的声响，

如摇晃的水流，

如落叶纷飞的秋日，

如鲜血，

发出潮湿火焰燃烧天空的声响

响似梦呓，如枝叶，如雨丝，

或是像悲凉的港口的汽笛，

如果你在我海边的心中吹拂，

宛如一个白色的幽灵，

在海沫旁，

在海风中，

宛如一个脱去枷锁的幽灵，在海边哭泣。

像散开的空虚，像霎时的钟鸣，

大海分发心中的声响，

雨丝纷飞，黄昏已至，在孤独的岸边：

夜幕降临，不由分说，

它海难旗帜般阴惨的蓝色

自嘶哑银色星球繁盛而起。

而心脏的响动如同酸楚的贝壳，

它呼喊着，哦大海，哦哀伤，哦将人融化的恐惧

扩散在不幸与起伏的波澜：

在声响中大海显露出

它斜倚着的阴影，它碧绿的虞美人。

如果你突然出现，在一片阴沉沉的海滩，

周遭是逝去的白昼，

面前是降临的新夜，

波浪滔天，

而如果你在我冰冷悸动的心中吹拂，

在我心中那孤寂的血液中吹拂，

在它伴着烈焰，鸽子般的跳动中吹拂，
那它鲜血般的黑色音节就会齐齐奏响，
那它无休无止的红色浪潮就会节节攀升，
它会发出声响，发出黑暗般的声响，
发出死亡般的声响，
它会呼喊，如同一根灌满了风或是呜咽的管子
如同一个四溢着恐惧的水瓶。

就是如此，闪电会覆上你的发辫
雨水会打进你睁开的双眸
为它们蓄满泪水，而你默默将其保藏，
大海黑色的翅膀会在你的四周盘旋，
以巨大的利爪，以聒噪的啼鸣，以飞翔。

你可愿成为那个孤独的幽灵，在海边
吹起它无声而悲伤的乐器？
只要你呼唤，
它悠长的音乐，它蛊惑的哨声，
它伤痕累累的层层海浪，

就会有人偶然而至，
就会有人翩然来访，
从岛屿的山巅，从大海红色的海心，
就会有人到来，会有人到来。

就会有人到来，愤怒地吹奏，
声音就像塞壬在破旧的船上吟唱，
如泣如诉，
就像血与沫之中，一声骏马的嘶鸣，
像凶猛的潮水咬紧牙关，发出的声响。

在海的季节
它黑暗的螺壳转动起来，如同一声怒吼，
海鸟轻视地望着它，迅速飞走，
它的串串声响，它哀伤的横杆
矗立在孤独大洋的岸边。

大洋之南

盐分消耗殆尽，咽喉陷入险境，
它们是孤独大洋的玫瑰，
而海水破碎，
鸟儿可畏，
只有白昼陪伴着的黑夜，
而陪伴着白昼的
是一座避难所，是
一只动物的蹄爪，是寂静。

于寂静之中吹出一阵风
卷着唯一的一片树叶，一朵饱经风雨的花儿，
还有同样寂静的沙砾，仅剩一点触觉，
它什么也不是，它是一片阴影，
是流浪的骏马留下的足迹，
它只是时间接收到的一个浪头，
因为时间在大洋之底窥视
所有的水流都会涌入它冰冷的双眼。

它的双眼已溺毙于死水与群鸽

苦涩的纬度上只留下两个窟窿

张着血盆大口的鱼儿游入其中

鲸鱼搜寻着绿宝石，

苍白骑士的骸骨被水母卸下，还有

大片大片剧毒的桃金娘，

孤零零的手掌，一支支利箭，

布满鳞片的左轮手枪，

奔向他的双颊，永不休止，

吞噬他毫无盐分的双眼。

当月亮交出它的沉船，

它的木箱，它的尸体，

被雄性虞美人覆盖，

当月亮的口袋中落入

沉入海底的衣衫，

带着他们长久的痛苦，断裂的下颌，

他们永远被海水与荣耀索取着的头颅，

就会听到浩瀚之中，月亮装在满是石头的口袋里

带来的膝盖，落向海底，

那口袋已被眼泪磨破
已被恶毒的鱼群咬破。

是现实，是渐沉的月亮
带着海绵残忍的颤动，然而，也是
在动物巢穴中摇晃的月亮，
被海水的呼啸腐蚀的月亮，
它的肚皮，它废钢般的鳞甲，
从那一刻，
月亮沉入大洋尽头，
一片湛蓝，被满目的蓝色穿透，
盲目的物质构成的盲目的蓝色，
拖着它腐坏的货物，
潜水服，朽木，断指，
还有在浪头里被滔天不幸劈开的
血的渔女。

但我说的是在某个海岸
大海凶猛地拍打着，海浪敲击着

灰烬的墙。这是什么？是一片阴影？

不是阴影，是悲伤国度的沙，

是成片的海藻，

天空的胸膛上有翅膀，有啄咬的伤痕：

哦，海浪在表面留下的伤痕，

哦，大海的源头，

如果雨丝保守住你的秘密，如果无穷尽的风

杀光了鸟儿，如果只剩下天空，

我只想咬一口你的海岸然后死去，

我只想看一看岩之口

多少秘密，满身泡沫地从其中泄露出来。

这是孤独的一隅，我说起过

在这如此孤独的一隅，

大地被海洋覆没，

除了马的足迹便荒无人烟，

除了风便荒无人烟，

除了滴落在海面的雨便荒无人烟，

荒无人烟，只有海上的雨越下越大。

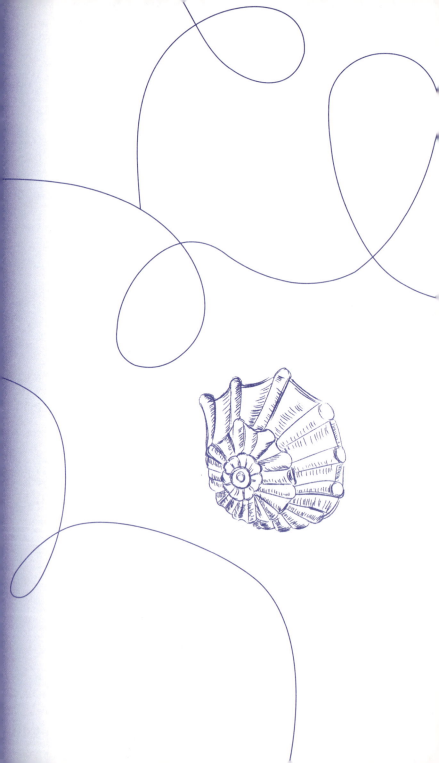

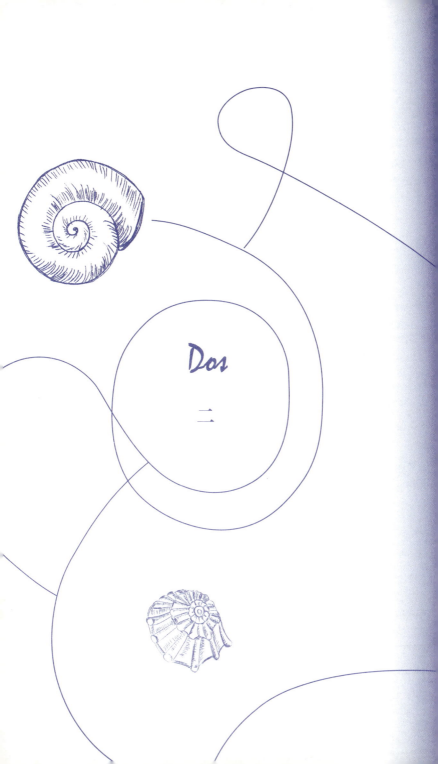

Dos

二

漫步四周

我厌倦了做人。
我流连在裁缝铺和影院间
面色憔悴，不可捉摸，如同一只毛毡做成的天鹅
凫在源头与灰烬并存的水面。

理发店的气味让我放声痛哭。
我只想在石头或毛毯上休息片刻，
我只想不瞧见那些机构、花园，
还有货物、眼镜、电梯。

我厌倦了我的双足，我的指甲
我的头发和我的影子。
我厌倦了做人。

但是，割一朵百合吓唬公证员
或是一拳打在修女的耳朵上杀死她
一定令人愉悦。
手持一把绿刃行走在马路上
大声呼喊直到冻死

也一定非常美妙。

我不愿继续在黑暗中做一块根茎，
摇摆着，舒展开，因梦境浑身发抖，
在大地湿漉漉的肚肠里向下生长，
汲取，思考，将日子一天天吞吃。

我不愿如此多的不幸降临于我。
我不愿再做根茎和坟墓，
不愿再独自深埋地下，不愿再做死尸的地窖，
浑身冻僵，在痛苦中消亡。

所以当看到我带着一张囚犯的脸到来
星期一就如同石油一般燃烧起来，
它在流逝中号叫如同受伤的车轮，
脚上是灼热的鲜血，一步步走向黑夜。

它推着我走向某些角落，某些潮湿的房屋，
一所所医院，白骨破窗而出，

一家家鞋店，醋酸味扑鼻，
一条条街道，惊惧如裂纹。

硫黄色的鸟儿，可怕的肠子
挂在我讨厌的房屋的门上，
谁的假牙遗忘在咖啡壶里，
镜子
本应当因羞愧和惊吓而哭泣，
到处都是雨伞、毒药和肚脐。

我平静地走着，睁着眼，穿着鞋履，
带着怒气，带着遗忘，
我行走着，穿行过一座座办公楼，一家家医疗器械店，
一个个庭院，衣服晾在金属线：
男士内裤、毛巾、衬衣都在流泪
徐徐的脏泪。

不作为

鸽子满身都是掉落的纸片，
它的胸膛沾上橡皮和时光的痕迹，
还有比尸骨更白的吸墨纸
和被它们不祥的颜色惊吓到的墨水。

跟我来吧，到政府机关的阴影中去，
到领导们虚弱的、娇嫩的苍白颜色中去，
到那些日历般长长的隧道中去，
到成百上千张纸痛苦的转动中去。

现在我们来检查一下他们的头衔和地位，
他们特殊的文书，他们无眠的夜晚，
他们令人作呕的老化唇齿下达的命令，
他们对灰色命运和悲伤决策的怒火。

这是一个关于受伤的骨头的故事，
苦涩的环境和无穷无尽的正装，
以及突然严肃起来的长袜。

这是深邃的黑夜，没有血管的头颅
仿佛一个被闪电打破的瓶子，
突然间白昼从中坠落。

是脚，是钟表，是手指，
还有一个垂死的肥皂做成的火车头，
还有一方潮湿金属一般的酸涩天空，
还有一条漂满微笑的黄色河流。

这一切如同鲜花一般攀上指尖，
如同闪电一般附上指甲，坐在斑驳的扶手椅上，
这一切都来到死亡的墨水旁，
来到印章那紫色的嘴边。

让我们拖着一颗生长着残破玫瑰的星球
为大地和火焰的死亡，
为利剑和葡萄，
为强有力地统治着根茎的性别，
为航行在船只间装着酒精的船只，

为在夜间和双膝间飞舞的香气，哭泣吧。

穿着狗的衣服，额上带着污渍，
让我们堕入无边的纸张中吧，
堕入一串串被锁链拴住的词语的愤怒中，
堕入毅然迎向毁灭的示威游行中，
堕入黄色落叶包裹的系统中。

跟我一起奔走吧，到办公室去，到模糊不定的
各部门、坟墓和印章的气味中去。
跟我来吧，到白昼去，
它如被谋杀的新娘一般哭喊，渐渐死去。

破败的街道

在破铜烂铁间，在石膏像的目光间，
一条舌头穿行而过，它经历过的岁月
不同于时间。它是一条尾巴
毛发蓬乱，是数只充满愤怒的石头手，
房屋的颜色缄默不言，
建筑风格的选择爆炸开来，
一只可怕的脚踩脏了阳台：
缓缓地走着，带着的阴影越聚越多，
带着被冬天和迟缓啃咬过的层层面具，
日子昂首走过，
在没有月光的房屋间穿梭。

星星散出水、风俗
和白色的泥浆，特别是
曾被大钟愤怒地敲击过的空气
消磨着一件件物品，触摸着
一个个车轮，停驻在
一家家烟草店前，
红发在屋檐上生长

像一声悠长的哀叹，而向深处

钥匙掉落，时钟掉落，

花朵也向着遗忘浸没。

新生的紫罗兰在哪里？

领带和纯洁的红色西风在哪里？

在城镇之上

腐朽灰尘变成舌头的模样向前伸长，

将一枚枚戒指打碎，将一幅幅画作刮光，

让漆黑的椅子发出无声的嘶吼，

覆上水泥雕花屋顶，覆上

废金属铸成的堡垒，

覆上花园和毛线，覆上被雨打破的燃烧着的放大相片，

覆上卧室的干渴，还有

电影院张贴的巨大海报，

画着豹子和雷电的激烈搏斗，

覆上天竺葵的长矛，覆上摆满变质蜂蜜的杂货店，

覆上咳嗽，覆上亮面的西服，

一切都被覆上濒死的味道

如倒退，如潮湿，如伤口。

或许那些磕巴的对话，那些身体间的摩擦，
那些身处烟雾中筋疲力尽的女士们的美德，
被毫不留情杀死的西红柿，
一个悲伤军团中骏马的脚步，
光明，无数无名手指的按压，
都在消耗石灰平坦的纤维，
用中性的空气包裹
刀锋一般的墙面：而
危险的气息侵蚀着四周，
砖头，盐粒如水般四处流洒，
有着巨大车轴的马车摇摇晃晃。

破碎玫瑰和孔洞的浪潮！
芬芳血管的未来！无情的事物！
没有人在走动！没有人在盲目的水里
张开他们的双臂！
啊，运动！啊，重伤的名字！

啊，一勺混乱的风
和斑驳的颜色！啊，伤痕
于其中，蓝色的吉他纷纷坠入，
直到死亡！

家庭的悲哀

我保管着一个蓝色的瓶子，
里面放着一只耳朵和一幅画像：
当黑夜对
猫头鹰的羽毛下达命令，
当沙沙作响的樱桃树
咬破了嘴唇，并用
常常被海风吹破的果皮作为威胁，
我便知道有一片广阔的空间塌陷下去，
有锭状的石英，有烂泥，
有战争专属的蓝色水域，
有无数寂静，有无数
倒退的矿脉和樟脑，
有坍塌的事物、奖章、柔情蜜意，
有降落伞，有吻。

那只是日子走向下一天的脚步，
只是一只孤独的瓶子
漂浮在海面之上，
只是玫瑰花涌入的一间餐厅，

一间废弃的餐厅
宛如一根刺：我说的是
一只打碎的酒杯，一页窗帘，
一间荒凉的厅堂，尽头有一条小河
卷着石子流过。这是一所
建筑在雨水的地基上的房子，
一所两层楼的房子，有强制安上的窗户，
藤蔓严守忠诚地攀附在墙壁之上。

我下午过去，到达时
裹着泥泞和满身死气，
蹭着大地和它的根茎，
还有它空荡荡的肚皮，
里面沉睡着尸首，伴着小麦，
金属矿，再也无法起身的大象。

然而最要紧的是一间可怕的，
一间可怕的废弃餐厅，
摆着破损的调料瓶，

醋自椅子下淌过，

一道被截断的月光，

某个黑暗的东西，而我在追寻，

我体内的某种比喻：

或许是一家商店被海包围

被滴着盐水的破布裹紧。

它只是一间废弃的餐厅，

周围还有广阔的空间，

有被淹没的工厂，有树木

只有我认识，

因为我心悲哀，年岁不轻，

而且我了解这片大地，而且我心悲哀。

产科医院[1]

为什么你行色匆匆，赶往产科医院？

为什么你要用通常致命的克数检验你黑色的酸液？

玫瑰花的结局已经到来！

属于网和闪电的时代！

树叶柔软的请求得到了疯狂的滋养！

一条泛滥的河水肆意地

流淌过房屋与竹篮

用它沉重的流水与飞溅的水滴

为它们带来不幸与苦难。

这是一个突如其来的季节

遍地是那些骨殖，那些手掌，

那些水手的衣装。

因为它的光亮让玫瑰都改变

赐予它们面包、石头和露水，

---

[1] 这首诗与《我家中的疾病》都是诗人写给第一任妻子玛丽亚·安东内塔·哈根纳尔所生的患有脑积水的女儿马尔瓦·玛丽娜（1934－1942）的。

啊，黑暗的母亲，来吧，

你的左手抓着面具，

怀抱中是声声啼哭。

我希望你走过无人死去的长廊，

我希望你走过一片海，

那里没有鱼，没有鳞片，没有人遭受海难，

我希望你走过一家没有人影的旅店，

我希望你走过一条没有烟雾的隧道。

这个无人降生的世界是赠予你的，

这个世界上没有

死亡的桂冠，也不存在子宫的花苞，

这颗星球属于你，它满是石头与皮毛。

那里有为所有生命备下的荫翳。

那里有乳汁的环流和血铸的大楼，

有绿色空气垒成的高塔。

墙壁上一片寂静，巨大而苍白的奶牛

蹄爪如红酒。

那里有阴影让
牙齿继续生长在颌骨上，一片嘴唇
必有另一片与之相对，
让你的嘴巴可以说话而不会死亡，
让你的鲜血不会白白流淌。

啊，黑暗的母亲，给我伤害吧，
在我心上插进十把利刃，
插向那一边，插向那光明的时间，
插向那一尘不染的春天。

请在我心中呼唤，
直到你折断它黑色的木头，
直到一张满溢着鲜血与头发的地图
将那些空洞与阴影涂污，
请敲击我的心，直到它的玻璃开始哭泣，
直到它的芒刺全部掉落。

鲜血拥有手指，

在大地之下打通条条隧道。

我家中的疾病

当对喜悦的渴望龇着它玫瑰般的牙齿
刨动这许多个月来掉落的硫黄，
而它自然的网，它沙沙作响的头发
拖着沙哑的脚步来到我消失的房间，
那里，该死的金属丝缠成的玫瑰
用蜘蛛击打着墙壁，
破碎的玻璃折磨着鲜血，
天空的指甲层层叠叠，
如此便无法出门，无法去指点
有价值的事情，
雾如此厚重，鸟儿排泄出茫茫的雾，
烟如此浓稠，浓得化成一滴滴醋，
酸涩的空气腐蚀了楼梯：
在这一瞬，口子身披破败的羽毛跌落，
只有哭喊，只有哭喊，
因为我只能忍受，只能忍受，
只有哭喊。

大海已经开始拍打着鸟儿的一只爪子，年复一年，

盐分也在拍打它，海沫在吞噬它，

某棵大树的根茎抓住小女孩的一只手，

它的根茎远比小女孩的手粗壮，

远比天空的手粗壮，

它们终年工作，每个有月光的日子

都让小女孩的鲜血升到被月光弄脏的树叶上，

一颗长着可怕牙齿的星球

正向孩子们降落的水中投毒，

每当夜深，只有死亡，

只有死亡，只有哭喊。

如同寂静中的一粒麦子，但，

为了一粒麦子，要向谁去祈求怜悯呢？

你们来看看这一切吧：这么多列车，

这么多医院里都有跪破的膝盖，

这么多商店里都有将息的人，

那要怎么做？在何时？

为了一双双色泽来自寒冷月份的眼睛，

为了一颗颤动的小如麦粒的心脏，要向谁哀求？

这儿只有，车轮与思量，

逐步分配的给养，

星辰的轨迹，高脚杯

落入其中，却只有黑夜，

只有死亡。

必须稳住破碎的步伐，

在屋顶与伤感之间穿行，当

一件东西正在燃烧，以潮湿的火焰，

一件东西在雨一般悲伤的破布间，是

燃烧着啜泣着的物件，

一种病征，一片寂静。

在被弃置的对话与呼吸着的事物间，

在命运曾为之加冕，也将它弃之不管的空无的花朵间，

有一条河，流入伤口，

有一片大洋，击向断箭的影子，

有一整片天空，穿透一个吻。

救救我吧，我的心默默崇拜着的树叶，

崎岖的路途，南方的冬季，
被我尘世汗水浸透的姑娘们的头发，
南方光洁天空中的月亮，
为我带来一个没有痛苦的日子吧，
哪怕是一分钟，让我细察我的条条血管。

一滴水珠使我疲惫不堪，
仅仅一片花瓣就让我受伤，
从针眼里升起一条无法得到慰藉的血河，
黑暗中腐坏的露水将我淹没，
为了一个不会展得更开的微笑，为了一张甜蜜的嘴，
为了那些或许会被蔷薇喜爱的手指，
我写下这篇诗歌，而它只是一声叹息，
只是一声叹息。

Tres

三

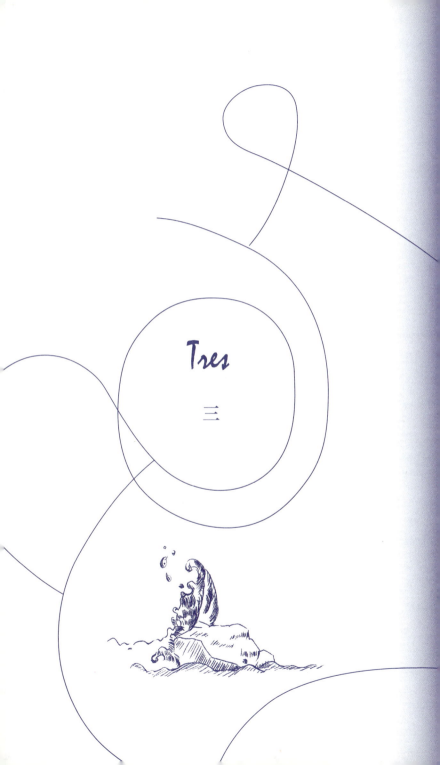

颂歌中有声哀叹

啊，玫瑰花丛中的姑娘，哦，黑压压的鸽群，

啊，囚禁着鱼儿与玫瑰的监狱，

你的灵魂是一个装满干渴盐粒的瓶

而你的皮肤是一口装满葡萄的钟。

不幸的是我没有什么能给你，

除了指甲与睫毛，融化的钢琴，

还有我心中咕嘟咕嘟往外冒的梦，

蒙尘的梦，奔跑如一个个黑色的骑士，

满是苦厄与迅疾。

我只能用一个个吻、一朵朵虞美人向你示爱，

用一个个被雨打湿的花环，

望着灰色的骏马与黄色的狗。

我只能用拍打在脊背上的浪潮向你示爱，

在硫黄杂乱的敲击声中，在沉湎自身的水中，

我迎着那些墓地游去，它们在河水中漂流，

还带着生长在石膏坟墓上湿润的牧草，

我游经一颗颗沉没的心脏

一串串还未下葬死婴的苍白名单。

在我无依无靠的苦难与悲凉的亲吻中，
死亡弥漫，丧事接连不断，
有水落到我的头上，
而我的头发在生长，
这水如同时间，不受束缚的黑色的水，
发出夜晚的声音，发出
雨中飞鸟的啼叫，潮湿的翅膀降下
无边无际的阴影保护我的骨骼：
当我穿衣服，当
我久久立于镜子与玻璃前凝望自己，
我听到有人啜泣着在我身后呼唤我，
嗓音被时间侵蚀，发出悲戚之声。

你站立在大地之上，
身上满是牙齿与闪电。
你分发你的亲吻，你碾死蚁群。
你为健康，为洋葱，为蜜蜂流泪，

为一个个进出火来的字母哭泣。
你似一柄蓝绿相间的宝剑，
触碰你时，你便如河流弯曲。

来我身披洁白的灵魂中吧，
手捧一束血染的玫瑰与盛满灰烬的酒杯，
过来吧，带上一个苹果，牵上一匹骏马，
因为那里有一间黑暗的客厅，一个损坏的烛台，
几把歪歪斜斜的椅子在期盼冬季，
还有一只死去的鸽子，身上印着号码。

婚礼的材料

我站立着，宛如一株没有树皮和花朵的樱桃树，
独树一帜，遍体火红，有血管有唾液，
还有手指有睾丸，
我看着一个纸和月光做成的女孩，
她平躺着，颤抖着，呼吸着，洁白无瑕，
她的乳房宛如两个分开的密码，
她的双腿并拢如同蔷薇的相会，
而那里，她的私处眨着黑夜般的睫毛。

面色苍白，情绪满溢，
感到词汇沉没在我嘴里，
词汇如同窒息的孩提，
航行啊航行，船只长出牙齿，
水域与纬线都像燃烧在火里。

我会将她放下，如同放下一柄剑，一面镜子，
我会打开她胆怯的双腿，直到死亡降临，
我会啃咬她的耳朵和血管，
我会让她在绿色精液淌成的浓稠河流里

闭着眼睛步步后退。

我会用虞美人和闪电将她淹没，
用双膝，用嘴唇，用芒针将她缠紧，
我会带着几寸哭泣的皮肤进入她的身体，
带着负罪感与打湿的发缕。

我会让她逃遁，让她逃过指甲与叹息，
无处可逃，无处遁形，
攀上迟缓的骨髓，攀上氧气，
抓住记忆与理智，
宛如一只孤零零的手，宛如一根被切下的手指，
摇晃着一片无依无靠的
带着盐粒的指甲。

她会于睡梦中在皮肤铺就的道路上奔走，
置身一片国度，全是灰色橡胶与尘土，
与刀具、床单、蚂蚁作斗争，
死者般的眼降在她身上，

黑色的物质滴滴落下，

像盲目的鱼群，像深水中的炮弹。

性欲之水

孤单的水珠滚落，

一滴滴宛如牙齿，

一滴滴如果酱与血液般黏稠的水珠，

一滴滴水珠滚落，

滚落下来，

如同一柄水滴串成的剑，

如同一条断断续续的玻璃河，

一边滚落一边啃咬着，

一边敲打着中轴，一边撞击着灵魂的针缝，

一边打碎废弃的东西，一边将黑暗浸湿。

那只是一口气息，比哭泣还潮湿，

是一种液体，是一种汗水，是一种无名的油，

是一种剧烈的运动，

渐渐成型，越来越浓稠，

缓慢的水珠，

滚落下来，

向着它那片海，它那干涸的大洋，

它那无水的波浪。

我看到辽阔的夏季，从谷仓传出鼾息，

酒窖、鸣蝉，

城镇、刺激，

房间，女孩们

手放在心口睡着了，

梦见了强盗，梦见了火灾，

我看到条条船只，

我看到棵棵大树好似脊髓，

如同发狂的猫一般站立，

我看到鲜血、匕首、女人的长袜，

还有男人的头发，

我看到床铺，我看到走廊上一个处女正在喊叫，

我看到地毯、器官和旅馆。

我看到那些隐秘的梦，

我接受那些最后的日子，

还有最初，还有回忆，

我在看，

仿佛被强行撑起的眼睑。

而后这声音响起：

骨头红色的噪音，

肉体的碰撞，

黄色的双腿如同并拢的麦穗。

我在一次次亲吻的声响间倾听，

我倾听着，在呼吸与啜泣中战栗。

我在看，在听，

灵魂的一半在海里，另一半在陆地，

我就用我灵魂的这两半，看着世界。

而即使我闭上双眼，彻底蒙住心脏，

我还是看到无声的水落下，

以无声的水滴。

它像胶状的飓风，

像精液与水母的瀑布。

我看到一道浑浊的彩虹掠过。

我看到它的水在骨骼间流淌。

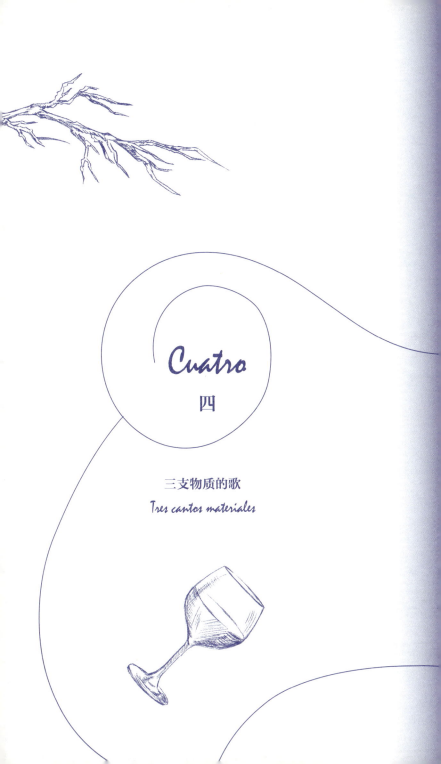

Cuatro

四

三支物质的歌

Tres cantos materiales

树木的入口

带着残存的理智，带着手指，
随缓慢的水流缓慢地高涨，
我坠落到勿忘草的王国，
坠落到一种挥之不去的哀痛氛围，
坠落到一间被遗忘的衰败房间，
坠落到一束苦涩的三叶草中。

我坠入黑暗，坠入
一堆废品，
我看到蜘蛛，我种下森林，
种下一株株稚嫩的神秘树苗，
我穿行在被扯断的潮湿纤维间，
它们也曾活生生地寂静地生存。

甜美的物质，哦，翅膀干枯的玫瑰，
在我崩溃时，我会攀上你的花瓣，
而我沉重的双脚是红色的疲惫，
我跪在你坚硬的教堂中
和天使一同敲击我的嘴唇。

因为我就是那个直面你世俗色彩的人，

直面你死亡的苍白利刃，

直面你汇聚起来的心脏，

直面你寂静无声的子民。

是我直面你那正在消亡的浪潮，

它周身是秋季与反抗：

是我置身你黄色的伤疤，

开启葬礼的旅程，

是我带着没来由的哀伤，

没有食物，无法入眠，孤身一人，

步入变暗的走廊，

抵达你神秘的物质。

我看到你干涸的水流在涌动，

我看到折断的手在生长，

我听到你海洋般的植丛

因黑夜与愤怒暴躁地沙沙作响，

我感到树叶一边从内凋亡，
一边向你无人问津的静止里
掺入绿色的物质。

毛孔，经脉，甜美的年轮，
重量，静悄悄的气温，
利箭钉在你消沉的灵魂上，
生灵沉睡在你茂密的口中，
香甜的果肉化为粉末，
烟尘中满是死气沉沉的魂灵，
到我这儿来，来我无边的梦境，
落入我的卧室，夜晚也会降临，
绵绵不绝，像破碎的水，
让我扎根于你们的生，你们的死，
你们顺从的物质，
你们中立的鸽子的死尸，
让我们升起火焰，让我们安静，让我们发声，
让我们燃烧起来，让我们沉默，钟声已敲响。

芹菜的巅峰

自喧嚣从不踏足的，
纯洁的中心，从完好的蜡中，
一道道清晰的闪电迸射而出，
一只只注定要盘旋的鸽子飞出，
朝着黄昏的街道，
那里黑暗与鱼肉的香气正弥漫。

是芹菜的经脉！是泡沫、笑容、
芹菜的阳帽！
这些都是芹菜的标志，
它尝起来是萤火虫的味道，
它的版图是泛滥的颜色，
它天使般的绿色头颅垂下，
它纤细的蜷丝暗自烦恼，
在受伤的清晨，在啜泣间，
它的脚走进市场，
而大门因它的脚步纷纷关上，
温顺的马儿也跪下不走。

它的脚被剪短却还在行走，
它绿色的眼眸渐渐泛滥，
秘密与泪滴永远埋藏其中：
它们从中浮现的海底隧道，
由它提议建起的阶梯，
沉入水底的不幸的黑暗，
空气中的决定，
石头底的亲吻。

午夜时分，有人在雾中
用潮湿的手敲我的门，
我听到了芹菜的声音，低沉的声音，
刺耳得像被囚禁的风，
抱怨着水与根带给它的伤，
把它苦涩的闪电埋在我的床上，
它杂乱的剪刀靠在我的胸膛，
寻找我窒息的心的入口。

你要什么，我葬礼房间里

穿着脆弱束腰的客人？
你身处怎样破碎的环境？

黑暗与哭泣的光明交织而成的纤维，
盲目的花边，卷曲的能量，
生命之河与不可或缺的筋脉，
被爱抚的太阳那绿色的枝叶，
我在这里，在夜里，倾听着秘密，
无眠，孤单，
而你们走进来，置身沉没的迷雾，
直到在我体内生长，直到让我看到
黑暗的光和大地的玫瑰。

红酒的规章

当身在某地，当身处祭祀，
深紫色的斑点如雨般落下，
红酒惊讶地打开门，
它长着被打湿的红色翅膀，
在岁月的避难所里飞翔。

它的脚如浸没的舌头一般湿漉漉的，
触碰着墙壁与砖瓦，
在赤裸裸的白昼的边缘
一滴滴如蜜蜂坠落。

我知道在冬日来临时
红酒不会尖叫着逃走，
也不会躲到阴暗的教堂，
在破烂的碎布间寻找火焰，
它会在季节的上空飞翔，
在冬季的头顶飞翔，
这个冬季已然到来，坚硬的眉心插着匕首。

我看到模糊的梦境，

我认出遥远的事物，

我看着玻璃后的自己，

我是一副不幸的衣冠。

红酒的炮弹没有抵达这里，

它灵验的虞美人，它红色的闪电，

都在忧伤的衣物中窒息死去，

它沿着孤独的沟渠流淌，

沿着潮湿的街道，沿着无名的河流，

那被痛苦地淹没的红酒，

那失去光明、深埋地下、孤独的红酒。

我站在它的泡沫与根茎中，

我在它的枝叶与枯萎中流泪，

身边是一个个倒下的裁缝，

躺在羞耻的冬日中央，

我攀上潮湿与鲜血搭建的梯子，

丈量着一面面墙壁，

在即临时间的痛苦里，
我跪于一块石头并哭泣。

我朝着刺鼻的隧道前行，
身穿转瞬即逝的金属外衣，
朝着孤独的酒窖，朝着梦，
朝着跳动着的绿色鞋油，
朝着慷慨的铁匠铺，
朝着淤泥与山谷的气味，
朝着永不消逝的蝶羽。

酿酒的人出现了，
戴着紫色的腰带
和溃败蜜蜂的帽子，
他们的杯中装满死去的眼珠，
和蘸满盐水的利刃，
他们沙哑的号角互相问候，
唱着一支婚礼的歌。

我喜欢酿酒人低哑的歌声，

潮湿的钱币碰撞桌面的声音，

以及鞋子与葡萄，

还有绿色呕吐物的气息：

我喜欢他们盲目的歌唱，

盐粒般的歌声敲打着

垂死黎明的墙。

我说的是真实存在的东西。

当我歌唱时，希望老天别让我胡编乱造！

我说的是啐在墙上散落的口水，

我说的是妓女徐缓的长袜，

我说的是酿酒人的合唱，

用鸟儿的骨头敲打着灵柩。

我置身这歌声中，

置身席卷街道的冬日，

我周围是一群酒鬼，

我瞪眼望着被遗忘的地方，

我回想疯狂的哀悼，
我跌入一片灰烬睡着。

我回想起黑夜、船只、耕地，
逝去的友人，周围的环境，
苦涩的医院与遮遮掩掩的女孩儿们：
我回想起海浪拍在一块岩石上
带着粉末与泡沫的饰装，
回想起某个人在某个国家、
某片孤独的海滩度过的生命，
回想起椰枣树间星星的一阵声响，
回想起心脏在玻璃上的一击，
回想起一列火车拖着可恶的轮子穿过黑暗，
还有诸多类似的令人忧伤的东西。

清晨，冬天降临在孤独无疑的酒窖里，
在常常被冬日侵蚀的墙壁间，
战斗降临于红酒的潮湿中，
降临在红酒的美好中，

降临的还有疲惫的金属与沉默的假牙，

破损的物品一阵骚乱，

玻璃瓶发出愤怒的悲鸣，

还有一种罪行，如鞭子落下。

红酒给自己钉上黑刺，

像个阴沉的刺猬一样走过，

穿过匕首，穿过午夜，

穿过沙哑而拖拉的嗓音，

穿过香烟与卷发，

它拔高的声音如同阵阵海浪，

呼啸着哭喊，伸出死亡的手掌。

于是饱受折磨的红酒逃开了，

它原本牢固的酒囊也毁于马掌，

红酒静静流过，

而它的酒桶，留在斑驳的船上，

那里，空气啃噬着船身与安静的水手们，

红酒在路上奔走逃亡，

在教堂间，在炭火间，
它苋菜般的红色羽毛落下，
它用硫黄掩饰着嘴巴，
燃烧的红酒在破败的街上
寻找着井口，隧道，蚂蚁，
尸骸悲伤的嘴巴，
流经哪里，才能流进大地的蓝色，
那里，雨水与离去已融为一体。

Cinco

五

献给费德里科·加西亚·洛尔卡[①]的赞歌

如果我能在孤零零的房子中恐惧哭泣，

如果我能取出我的眼睛，将它们吃下去，

那我便会这么做，为了你橙树般忧伤的声音，

为了你那些呐喊着诞生的诗句。

因为，为了你，医院会粉刷成蓝色，

学校与海边的街区会拔地而起，

受伤的天使会长出丰满的羽翼，

婚宴上的鱼会长满鳞片，

刺猬会飞上天空：

为了你，披着黑纱的裁缝铺

会装满勺子与鲜血，

会吞下红丝带，会拼命亲吻，

会披上一身洁白。

当你穿得宛如一个蜜桃，在天上翱翔，

当你笑得如同飓风中的稻米，

---

① 费德里科·加西亚·洛尔卡（1900－1929），西班牙著名诗人，聂鲁达密友。这首诗发表于洛尔卡被谋杀的前一年。

当你为了歌唱动脉发颤，牙齿发颤，

喉咙、指甲，统统发颤，

我是多么喜爱你的甜蜜，

我是多么喜爱那些红色的湖泊，

时值秋日，你居住其中，

身边是倒地的骏马与染血的神明，

我是多么喜爱那些墓地，

如满是灰烬的河流，

与水、坟冢一同流走，

深夜，在沉闷的钟声中：

浓稠的河流仿佛是

患病士兵的寝室，蓦地生长起来

汇成河流向死亡奔去，那河中还有

大理石雕琢的数字、腐坏的王冠和葬礼的油脂：

我是多么喜爱在夜晚看着你

望着沉没的交叉河口经此而走，

站立着，哭泣着，

因为你在死亡之河的岸边哭泣，

形单影只，痛彻心扉，

你哭泣着落下泪来，眼里

全是泪水，全是泪水，全是泪水。

如果我可以在深夜，彻底孤身时，

将铁轨与蒸汽上的

遗忘、黑暗与烟雾一并收集，

用一个黑色的漏斗，

啃咬着层层灰烬，

我会这么做，为了你生长其中的那棵树，

为了你收集的金色水流的源头，

为了爬满你骨骼的藤蔓，

它们正向你揭示着深夜的秘密。

城市散发着潮湿洋葱的气味，

期待你沙哑地哼着歌走过，

静谧的精液之船追随着你，

绿色的燕子在你的头发上筑巢，

还有蜗牛与星期，

蜷曲的桅杆与樱桃树，

一旦目睹你长有十五只眼睛的苍白头颅
与浸满鲜血的嘴,
它们一定会转动起来。

如果我能让一个个市政厅充满煤烟,
如果我能抽泣着推倒一座座钟,
那就能看看何时
嘴唇破裂的夏日会造访你家,
穿着破碎衣服的人群会造访你家,
悲伤的美好之地会造访你家,
损坏的犁头与虞美人会造访你家,
掘墓人与骑士会造访你家,
行星与染血的地图会造访你家,
被灰烬掩埋的潜水员会造访你家,
蒙面人会拖着被
巨大的刀刃刺穿的少女造访你家,
根茎、血管、医院会造访你家,
还有泉水和蚂蚁,
夜晚会带着床造访你家,床上

一个孤独的骑兵在蜘蛛间死亡，

一朵长满憎恶与尖刺的玫瑰会造访你家，

一只泛黄的小船会造访你家，

某个有风的日子会带着一个孩子造访你家，

还有我，和奥利韦里奥，诺拉，

文森特·阿莱克桑德雷，德里亚，

马鲁卡，马尔瓦·玛丽娜，玛丽亚·路易莎和拉尔科，

拉卢比亚，拉斐尔·乌加德，

科塔波斯，拉斐尔·阿尔韦蒂，

卡洛斯，贝贝，马诺洛·阿尔托拉吉雷，

莫利纳里，

罗萨莱斯，贡察·门德斯，

还有其他被我遗忘的人，会一并造访你家。

来吧，让我为你戴上桂冠，健康的年轻人，

蝴蝶般的年轻人，纯粹的年轻人，

你就像一道黑色的闪电，永远自由，

与我们攀谈，

现在，岩石中再无旁人，

你是你，我是我，让我们简单聊聊：
如果不是为了露珠，诗歌又有什么用？

这个夜晚，一把苦涩的匕首打量着我们，
如果不是为了这个夜晚，为了这一天，为了这个黄昏，
为了这个破败的角落，你跳动的心
眼看就要在这里死去，那诗歌又有什么用？

特别是在夜里，
夜晚繁星满天，
一切都沉入河流，
如同住满穷人的屋子
那窗边飘舞的丝带。

他们中有人已经死去，
或许他们已经丢了办公室、
医院、电梯间、
矿场里的工作，
人们顽强地忍受着痛苦，

处处都是算计与哭喊：

星星在一条无尽的河里奔流，

窗户里哭声震天，

门槛被哭声踏破，

卧室被哭声浸湿，

哭声如浪，席卷而来，啃咬着地毯。

费德里科，

你看到这个世界，那一条条街道，

你看到醋，

你看到车站一次又一次的别离，

烟雾托起那决定性的车轮，

开往只有

分离、石子和铁轨的地方。

无数人在这个世上

发出疑问。

有流血的盲人，暴怒的人，

垂头丧气的人，

有穷人，张牙舞爪的树，
背负着嫉妒的恶棍。

这就是人生，费德里科，
这就是我，一个忧伤而有男子气概的男人，
我的友情所能赠予你的东西。
你自己已经懂得了许多，
其他的也会慢慢懂得。

阿尔韦托·罗哈斯·希门尼斯[①]飞了过来

穿过吓人的羽毛，穿过黑夜，

穿过朵朵木兰花，穿过封封电报，

穿过南方的风与西方的海，

　　　你飞了过来。

在坟墓之下，在灰烬之下，

在冻死的蜗牛之下，

在地底最深处的水流之下，

　　　你飞了过来。

在更深处，在海底的女孩们之间，

在失明的水草之间，在腐烂的鱼群之间，

在更深处，又重返云层，

　　　你飞了过来。

比鲜血与骨头更加遥远，

比面包更加遥远，比红酒更加遥远，

---

① 阿尔韦托·罗哈斯·希门尼斯（1900－1934），智利诗人、旅行家。

比火焰更加遥远，
　　　你飞了过来。

比醋与死亡更加遥远，
在腐物与紫罗兰之间，
带着你来自天空的声音，穿着湿漉漉的鞋，
　　　你飞了过来。

掠过议员与药房，
掠过车轮、律师与船只，
掠过刚拔下来的猩红牙齿，
　　　你飞了过来。

掠过一座座城市：屋顶倾塌，
健硕的妇人们正用宽厚的手掌
与丢失的发梳拆着发辫，
　　　你飞了过来。

贴着酒窖：红酒生长着，

长着浑浊的、温热的手掌，身处一片寂静，
那迟缓的手掌宛如红木，
　　　你飞了过来。

在失踪的飞行员之间，
贴着条条运河，片片阴影，
贴着被埋葬的百合花，
　　　你飞了过来。

穿过一个个颜色苦涩的酒瓶，
穿过茴香与不幸圈成的戒指，
抬起手臂，哭泣着，
　　　你飞了过来。

掠过牙医与集会，
穿过影院、隧道与耳朵，
穿着崭新的西服，双眼空洞，
　　　你飞了过来。

掠过你那没有围墙的墓地：
水手迷失其中，
雨水落下昭示着你的死亡，
　　　　你飞了过来。

当你指尖的雨落下，
当你骨殖的雨落下，
当你的骨髓与笑容落下，
　　　　你飞了过来。

你熔化在岩石间，掠过它们，
飞奔着，顺着冬季、顺着时间一路向下，
你的心化成水珠洒落，
　　　　你飞了过来。

你不在那里，不曾被水泥、
公证员黑色的心脏
与骑士愤怒的骨头包围：
　　　　你飞了过来。

哦，海中的虞美人，哦，我的亲人，

哦，满身是蜜蜂的吉他手，

你发间的诸多阴影都不是真的：

　　　你飞了过来。

追逐着你的诸多阴影不是真的，

数不清的燕子的尸体不是真的，

这片充满哀痛的黑暗不是真的：

　　　你飞了过来。

瓦尔帕莱索黑色的风

为你撑开木炭与泡沫的翅膀

将你飞翔的天空清扫一空：

　　　你飞了过来。

蒸汽飘浮，死亡之海上一阵寒冷，

汽笛悠扬，时光飞逝，一股

下雨的清晨与脏鱼的气味：

你飞了过来。

朗姆酒已倒好，你我同在，我的灵魂落下泪来，
再无他物，再无旁人，只有一段
断裂的阶梯，与一把雨伞：
　　你飞了过来。

大海就在那里。我趁着夜色潜下去，便听到
你从空无一人的海底飞了过来，
从我栖身的漆黑海底：
　　你飞了过来。

我听到你扇动的翅膀和你缓慢的飞翔，
遍布尸骸的海水拍打着我
如同一只淋湿的盲鸽：
　　你飞了过来。

你飞了过来，孤身一人，形单影只，
孤独地穿过层层尸骨，永恒孤独，

你飞了过来，没有影子也没有名字，

没有糖分，没有嘴巴，也没有蔷薇，

你飞了过来。

破土而出

献给比利亚梅迪亚纳公爵

当遍布湿润眼睑的大地

化为灰烬与滤过的硬质空气，

以及干巴巴的土块、流水、

水井、金属，

最终归还它们饱受摧残的尸首，

我想要一只耳朵，一只眼睛，

一颗受伤的、历经艰辛的心，

一具被久久放逐的孤独尸体上

一道被匕首久久插入造成的伤口，

我想要几只手掌，一门研究指甲的学科，

一张受惊的、含着枯萎虞美人的嘴，

我想看到无用的灰尘中站立起

一棵茎叶张扬、沙沙作响的树，

我希望从最苦涩的大地而来，

站在硫黄、绿松石、红色的浪潮

与无声的煤炭的旋涡之间，

我希望一个肉体唤醒它的骨头

火焰咆哮而出，

敏锐的嗅觉飞奔着寻找什么，

被大地蒙蔽的视觉也
追赶着两只昏晦的眼睛，
还有听觉，突然间，如同一只
暴怒的、发狂的、巨大的牡蛎，
迎着雷电站立起来，
而纯粹的触觉，迷失于盐粒，
蓦然挣脱出来，触碰胸膛与百合。

哦，属于死者的节日！哦，遥远的距离
枯死的麦穗带着闪电的气味长眠在那里，
哦，画廊交出一个巢穴，
一条鱼，一个脸蛋，一把宝剑，
一切都在混乱中粉碎，
一切都无指望地衰败，
一切都在干枯深渊中
被坚实土地的牙齿滋养。

羽毛回归柔软的鸟儿，
月亮回归轨道，芳香回归原料，

而，在玫瑰丛中，那个破土而出的人，
那个男人满身都是矿化海藻，
他的双眼回归眼窝。

他一丝不挂，
他的衣服在烟尘中消失不见，
他残损的甲胄已经滑落在地狱深渊，
他的胡子长得像秋日的空气，
甚至他的心脏也想噬咬苹果。

挂在他膝上与肩上的是
附着的遗忘，土地的脉络，
碎玻璃与铝的地盘，
痛苦的尸体的外壳，
装满水的口袋如今却装着铁，
而可怕的蓝色嘴巴一涌而出
汇集一处，
忧心忡忡的珊瑚伸出枝丫，
为他绿色的头颅戴上王冠，

悲伤的枯草

和夜晚的树木将他包围，

他体内还沉睡着翅膀微张的鸽子，

双眼如同地底的水泥。

迷雾中温柔的公爵！

哦，在矿脉中刚刚醒来的公爵！

哦，在无水之河中刚刚晾干的公爵！

哦，刚刚清理完蜘蛛的公爵！

你的双脚生出时间，滴答作响，

你被残害的性器重新回到你的身体，

你抬起手，那儿

还留着泡沫的秘密。

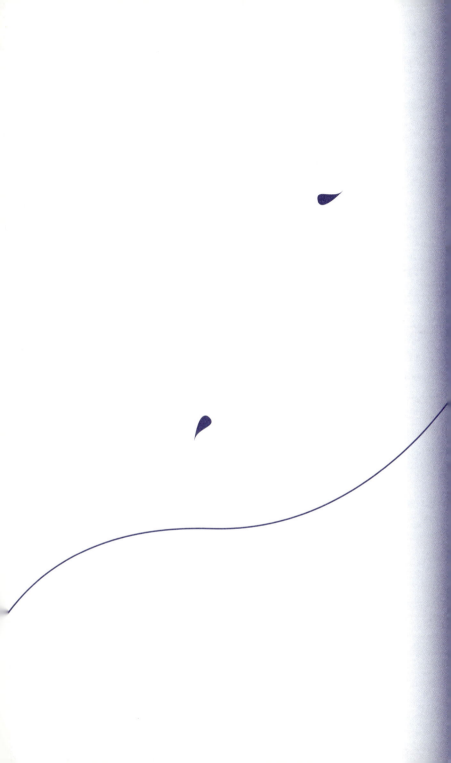

Seis

六

掉入海里的钟表

昏暗的光线布满空间，
还有如此大面积地突然泛黄，
因为没有风的降临，
也没有树叶的呼吸。

这是海上被打断的一个礼拜天，
沉船般的一天，
时间的一滴水珠，
被披着透明水汽的凶残鳞片侵袭。

月份庄重地储藏于一件祭袍
我们愿闭着眼流着泪去嗅一嗅它，
积存的碧绿水中有一个盲目的符号，
而年华贮藏其中，
指尖与光明都抓不住的岁月，
比破损的扇子更加珍贵，
比挖出的断足更加沉默，
溶解的日子里有一段举办婚礼的时光，
它深埋坟墓，鱼儿从中游过。

时间的花瓣无休止地片片掉落，

仿佛游移的雨伞，教人看作天空，

四周生长着的只是

一口永不能看见的钟，

一朵沉入水中的玫瑰，一只水母，

一声悠长的、被打断的心跳：

但不是这样，是某种无法触摸无法消耗的东西，

是听不见声音也看不到飞鸟却有一道模糊的踪迹，

是香气与氏族的渐渐灭息。

那钟表曾躺在田间的苔藓上，

电子装置敲击着侧板，

如今它满身伤痕，筋疲力尽地奔走在可怖的水底，

因中心水流汇入而起伏波动的水里。

再度秋日

钟声中，哀痛的一天降临，
如同慵懒寡妇手中抖动的布料，
是一种色彩，是深埋地下的樱桃
做的一个梦，
是马不停蹄赶到的烟雾的尾巴，
要改变水与亲吻的颜色。

我不知是否说得明白：当黑夜
从高处降临，当孤独的诗人
站在窗边倾听秋日奔腾的脚步
当瑟瑟的落叶被踩踏，茎脉嘎吱作响，
天空中有什么，宛如公牛厚重的舌头，
有什么在天空与大气的疑惑中。

事物重归其位，
重要的律师先生，手掌，油，
瓶子，
一切生的迹象——特别是床铺，
淌满了血淋淋的液体，

人们将信任交付下流的耳朵，

凶手走下楼梯，

但不是这样，而是旧时的疾驰，

是旧时秋日那颤抖着撑下去的马匹。

旧时秋日的马匹长着红色的髯须，

可怕的嚼沫遮住它的双颊，

追逐它的空气宛如一片大洋，

散发着地底模糊的腐朽气息。

每一天都会有灰蒙蒙的颜色从天而降，

鸽子负责将它散播到大地上：

遗忘与泪水编织的绳索，

久久沉睡于钟声中的时光，

一切，

残破的旧西服，看到飘雪的女人们，

无人能活着观赏的黑色虞美人，

一切都落入

我在雨中举起的双掌。

没有遗忘（奏鸣曲）

如果问我曾到过哪里，
我应说"历尽沧桑"。
我会细数被石头遮蔽的大地，
一路流淌的河流，消逝远方；
我只知道飞鸟失去的东西，
被抛到脑后的海洋，还有我哭泣的妹妹。
为什么有这么多地方？
为什么日子接踵而至？
为什么黑夜在口中堆积，为什么要有死亡？

如果问我从哪里来，我应与碎裂的事物倾谈，
与苦痛难忍的用品倾谈，
与总是腐坏的巨大牲畜倾谈，
还与我忧愁的心倾谈。

穿梭而过的不是记忆，
亦不是沉睡于遗忘的黄色鸽子，
而是挂着泪珠的脸庞，
是卡住咽喉的手指，

还有从树叶上滑落的东西:
我们用悲伤的鲜血浇灌的日子,
那是它逝去后的黑暗。

这里有紫罗兰,有新燕,
有我们喜爱的全部,
有附言长长的甜美卡片上出现的全部,
而时光与温柔在其中漫步。
但我们不要穿过那些牙齿,
也不要啃咬寂静堆积的外衣,
因为我不知如何答复:
无数人已逝去,
无数堤坝被红色的太阳摧毁,
无数头颅撞击着船体,
无数双手保管着亲吻,
还有无数我想遗忘的东西。

乔丝·布莉斯

毁坏的照片上的那抹蓝色，
带有花瓣和通往大海的小路的那抹蓝色，
坠入时光中那最后的名字，
要用钢铁般的一击将它们杀死。

穿着怎样的服饰，度过怎样的春天，
怎样的手不停地索求乳房和头颅？
时间的烟雾肉眼可见，徒然落下，
四季也是徒劳，
次次别离中有烟雾坠落，
草草了结的事情握着剑等候着：
突然间有什么，
宛如印第安人混乱的袭击，
血染的地平线颤抖着，有什么，
无疑有什么摇晃着蔷薇花丛。

黑夜舔舐过的眼睑上的那抹蓝色，
星星如同打碎的玻璃，皮肤的碎片
和哭泣的藤蔓，

是河水冲刷着沙滩挖掘的颜色，

是备好大颗水滴的蓝色。

也许我会继续生存在某条街道，而空气中

某声特别的哀叹会让它哭泣，如此一来

所有的女人都穿上静默的蓝色：

我在那分配给我的一日里，

我就在那里，如同被公牛踩过的石头，

如一个注定被遗忘的见证者。

遗忘之鸟翅膀上的那抹蓝色，

海水将那羽翼完全打湿，

它低等的酸涩，它苍白无力的浪潮，

追随着灵魂角落里堆积的事物，

而烟雾徒劳地叩在门上。

就在那儿，就是在那儿，

哀伤的船只旁被烟尘席卷的亲吻，

就是在那儿，有消失的笑容，有被一只手摇晃着呼唤黎明的西装：

似乎死亡的大嘴不愿咬住那一张张面孔，

一根根手指，一个个单词，一双双眼睛：

它们还是在那儿，如同巨大的鱼群

用无法击败的蓝色，模模糊糊地遮住了天空。

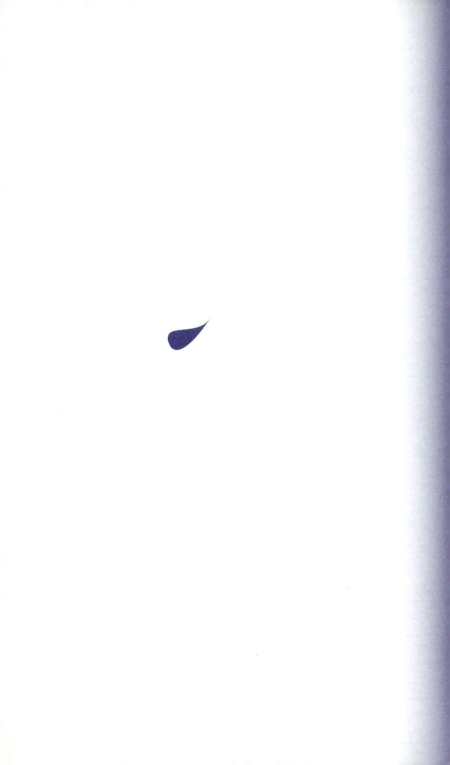

图书在版编目（CIP）数据

　　大地上的居所 / （智）聂鲁达著；梅清译. －－ 海口：
南海出版公司，2020.11
　　ISBN 978-7-5442-8568-1

　　Ⅰ．①大… Ⅱ．①聂… ②梅… Ⅲ．①诗集－智利－
现代 Ⅳ．① I784.25

中国版本图书馆 CIP 数据核字（2020）第 143714 号

著作权合同登记号　图字：30-2019-150

RESIDENCIA EN LA TIERRA, ©1933, PABLO NERUDA and FUNDACIÓN
PABLO NERUDA
RESIDENCIA EN LA TIERRA II, ©1935, PABLO NERUDA and FUNDACIÓN
PABLO NERUDA

大地上的居所
〔智利〕巴勃罗·聂鲁达 著
梅清 译

出　　版　南海出版公司　（0898)66568511
　　　　　海口市海秀中路51号星华大厦五楼　邮编 570206
发　　行　新经典发行有限公司
　　　　　电话(010)68423599　邮箱 editor@readinglife.com
经　　销　新华书店

责任编辑　张　锐
特邀编辑　高　欣　杨　初　吕宗蕾
营销编辑　李筱竹
装帧设计　韩　笑
内文制作　王春雪

印　　刷　北京中科印刷有限公司
开　　本　850毫米×1092毫米　1/32
印　　张　6.5
字　　数　60千
版　　次　2020年11月第1版
印　　次　2020年11月第1次印刷
书　　号　ISBN 978-7-5442-8568-1
定　　价　59.00元